Arno Camenisch
bei Urs Engeler

Arno Camenisch
Las flurs dil di

El zoo. – Nua has il plänli, damonda il Franz. Speronza plovi gleiti, di il Fred. El ha en ina jacca veglia da skis e si capetscha. Dai inaga il plänli, di il Franz. Ti has detg ti prendies in plänli, di il Fred. Oh ti eis halt schon in, di il Franz, tut ston ins far sez. El pren giu il spieghel da sulegl, cheu, tegn dabot, e dat el al Fred. El va vi tier la cassa e vegn anavos cun in plan. Carischia, huara banda, pir che giu Firenze, di il Franz, ussa fan ei aunc pagar per quei toc plänli. Muossa, di il Fred. Il Franz faulda dapart il plan. Also, di il Fred. Lu mein toch grad gl'emprem vi tiels kängurus, di il Franz. El ha si stirnband. Oh, ils kängurus ein vi tscheu da tschella vart, ti cuac, di il Fred, nus savein ir cheu sper las giraffas ora, e gest vi cheu davos tier l'ustria buin in pier. Tgei pier, di il Franz, per beiber pier havessen nuota stuiu pagar entrada, di il Franz. Ti has vuliu vegnir en cheu, di il Fred. Tgi ch'ei cul burriu anora ha dad ir el zoo, di il Franz, quei slucca, e soviso, encunter cors da plech datti nuot meglier. Il Fred aulza las survintscheglias. E suenter vesa tut ora tut auter, di il Franz. Gie matei, di il Fred, caliras, ha? Ina dunna veglia en camischa da notg alva va davos els vi. Enta maun ha ella ina cazzetta. Quei ei lu ina gnocca vi davos la schiba dalla cassa, di il Franz. Ti eis halt adina empau vida spieglar, di il Fred. Oh ina gnochetta ei quei, di il Franz. Ha si in spieghel sc'in VW Cäfer, di il Fred, pervia dallas dunnas havein nus aunc mai giu da sepitgar. El dat anavos al Franz il spieghel da sulegl ed envida si e fema giu ina cigaretta. Nus mein gl'emprem giu tier las schemias, di il Fred.

Mira cheu il bingobongo, quei cheu ei in brav biestg, zac tubac, di il Franz. Da quel leu less jeu lu buca vegnir a mauns, di il Fred. Fai quen, di il Franz, gl'emprem ses'el treis dis sin tei tochen che ti eis plats sc'ina omletta, e suenter magli'el giuaden tei cun pial e tut, quel cheu stos jeu fotografar. Stai vi in tec, in tec vi tiel graslut, aunc in tec plinenvi, uss, stop, di il Franz e fa ina foti. Levas mirar, damonda il Franz, mira cheu ils dus kerlis. Il Fred fema. En cheu astgas nuota fimar, di il Franz. Tgei emporti, di il Fred. Oh tgei huara biestg, quei ei empau in sco'l hentger dalla Désirée, di il Franz. In buob cun ina flenta enta maun va sper els vi. Gie ch'ella ei aunc adina ensemen cun quel, di il Franz, schon buca da capir. Aber quel leu fa hacflaisch cun tei sche ti vas memia datier, meglier schar la detta. Il Fred dat il tgau, schar la detta. Davos el ei in um cun pelzmantel ed ina handtescha cun verschluss. El ha si capi. El capi ha'l ina flur. Gie di ti, in Gion da cletg, di il Franz, la Désirée fuss schon aunc stau ina, aber grad riscar la veta per posta da tener in tec lein gie era buca. La Désirée ei ina finetta, el scrola il tgau, e tschel, igl Igor, in sco'l Frankenstein. Pil mument stos jeu lu buca pli haver handlerverc, di il Fred, ad interim isch susch grad knuag. Quei vegn lu schon, di il Franz, spetga ti entginas jamnas, e lu va tut pli tgunsch, vesas lu, di il Franz. Tscheidi haiel viu ella, di il Fred. Nua pia, damonda il Franz. Nus essan stai egl Eden sin in caffe, di il Fred. E sco che ti vesas ella, smacca ei giuaden tei en schanuglias. Ti fagesses halt meglier da buca ir on curtgin, di il Franz, tschella gada has gie giu da sbluccar, aber maglia crappa, fas aunc ora ils dents. Cu ti havevas bein detg ti vesies buca pli ella. Ins di aunc bia pil liung dil di vi, di il Fred. Jeu sun aber spert puspei staus furt. E suenter has puspei da ruir, di il Franz, e schaias on zuler sc'in tgaun. Il Fred smacca ora la cigaretta cul pei. Quei vala nuot, di il Franz, sche ti sas buca schar la detta, sebarschar per posta da prender ils truffels culs mauns bluts ord la burnida.

Quels cheu han pli sempel, di il Franz e fotografescha ils elefants. Sco ch'jeu vesel ella, di il Fred, ei siara grad giu a ti la gula. Quels han ureglias sco blachas, ha, di il Franz. Stai neu in tec davon quel leu, jeu fetsch ina foti. Ussa cala cun tias fotis, di il Fred e fema. Ti has toch detg tschella gada che ti vesies buca pli ella, di il Franz, suenter che ti has fatg jamnas ora aura sut, ti eis pir ch'in mezger. Je sais, di il Fred e streha sur sia capetscha cotschna vi. Ti peglias aunc si in hörsturz, di il Franz. Sas gie era buca gest dustar mo aschia, di il Fred. Far da suord, sch'ella scriva, di il Franz, stizzar las novitads, barschar fotas e strumpfs enstagl da star cheu e far firlefanzas. Sch'ella ha schon giu da far la brocca, di il Franz, lu dueigien ei silmeins schar cumbien. Tgi che va duei era ir, copffriedli, pir che quels morts ch'ein gia daditg da leuvi e van aunc adina pils corridors en ed ora, oh isch doch wohr. Cu ella ei ida, di il Fred, jeu sesevel davos meisa on cuschina ed ella pachetava sias caussas. Silmeins in bi maletg, marmugna il Franz. La finfinala essan stai in tschuat onns ensemen, di il Fred, grad mo aschia va quei halt buca da stizzar, ni. Il Franz fotografescha ils leopards, ella ha bein detg ch'ei seigi finito, oder. Il Fred pren orda sac da sia jacca veglia da skis in carnet e sfeglia. Ei san halt schon co far, di il Franz. Mira quel si leu, di il Franz e muossa cul det sil leopard, quei ei il dètg fegher, schai cheusi sil rom e lai dar l'aura pils gats. Ventireivels vesa el ussa era buca grad ora, di il Fred. Oh schi da piertg ha quel ussa nuota cheusi, di il Franz e mira sut il spieghel da sulegl ora. Tgi sa co ella fa per emblidar, di il Fred. Ha, damonda il Franz. Nuot, di il Fred. Co emplenir il vit, quei ei la damonda, di el e catscha il carnet ner en sac.

Bien che ti eis staus si ed eis ius, di il Franz, e l'autra gada vas buca pli, era sche la Maria di, quei stos tener ora nomdödiö. Tener ora, tener ora, mirar tut agradora, di il Fred, gliez ei gleiti detg, lu schaias en letg ed ei scarpa dapart tei. Beiba treis piers, di il Franz, quei fa durmir. Grev eisi cu ei fa stgir, di il Fred, il di, il di ora vai schon, aschi ditg che ti sas far sco sch'ins havess da far, aber las notgs entscheivas a vischlar e strubegiar e sas buca pli sin tgei vart sevolver entochen ensolver. Ina notg pli quadra che l'autra. E l'auter di levas cun in tgau sc'in crap, pir che ti havesses survegniu fridas la notg. Fai quen, ei dat aunc biaras, di il Franz. Cala cun quellas clavellas, di il Fred. Il Franz pren giu il spieghel da sulegl. Ina memoria sco quels cheu stuessen ins haver, di il Fred e muossa sils pèschs. Ei fagess bein a ti dad ir in tec naven, in tec dalla planira viadora, di il Franz. E cu ti tuornas, di il Fred, e vesas puspei ella, eis aschi lunsch sco avon. Sche ti vul ch'ei seigi suenter aunc sco avon, lu eisi era, di il Franz. El stat davon igl aquarium grond. Sch'ella mira sin tei coffertelli, di il Fred, havesses stuiu veser ella. Ti vesas tuorbel, di il Franz e fotografescha cun bliz. Buca panza, Sancho, sco che ti entaupas in'autra vesa quei schon ora tut auter, di il Franz, vesas lu, culla perspectiva mida era la spectiva. Ed ella freda che ti vegnas tut ureidis, di il Fred, buca da tener ora. Pir che paun frestg, gell, di il Franz, mira d'entupar in tec autras, quei fagess bein a ti, enstagl da star cheu sc'in harlekin. In pèsch stuess ins esser, di il Fred, in da quels crüppels leu cun in egl suren ed in suten, e lu havesses tia flauta. Oh tgei lein far cun tei, di il Franz, dapi jamnas che ti senodas en rudi. In huara circus, di il Fred. Mira dad ir in tec per las treuflas, quei fagess bein a ti da far in tec da liufer, enstagl da schar neghentar, ti setschentas aunc tiels malspirtai, sche ti fas aschia vinavon. Au guat, di il Fred, in naufragi tonscha. Il Franz cuchegia tras la camera.

Ellas teissas dil Péz Fess. – Bellezia, di il Franz e smacca sigl uslöser. El metta naven la camera. Tgei ha la Maria detg, cu ti has entupau ella, damonda il Franz. La massa havein buca paterlau, cu jeu sun gie ius suenter in quart d'ura, di il Fred e fema. Has buca che smacca, damonda il Fred. Na na, calzers cumadeivels sco scalfins, di il Franz. E vischigias, damonda il Fred, has buca che dola? Nix, di il Franz, avon che trer en calzers novs stos furschar en cun schampo las soccas sils calcogns, e lu datti vischigias nuot. Schon bellezia ussa gl'atun, ni, di il Franz, ina vesta clara clarezia has, vesas quasi tochen giun Croazia da quell'aura, sche ti prendas giu il capi. Ad ella plaschess ei guess si cheu, di il Fred. Ei plaschess aunc a biaras si cheu, di il Franz. Culla Maria sundel staus mo ina gada per las plauncas, a viandar empau halt. In helicopter ei sgulaus sur nus ora ed ina vacca ha magliau nos paunets, duront che nus schischevan bluts e per liung ella jarva, aber suenter havevan fomaz ed essan i vias puleinas. Basta, cheu, pren in schluc, di il Franz e stenda vi al Fred la buteglietta da vinars, quei fa ch'ins va sco camutschs. Tgei ch'ins saveva tut emblidar, di il Fred. In cun ina barba sc'ina pala zuppegia da surengiu ed aulza il capi enten ir sperasvi. Si dies ha el ina tuba. Ha ella in auter, damonda il Franz e sesa giu sin in crap. Cala, di il Fred, jeu gnanc pos patertgar vidlunder, schiglioc stos jeu grad better si cheu surengiu. Savess gie esser, di il Franz, forsa leva ella gie entupar tei per dir quei a ti, denton fan ei quei aschia. Cu jeu hai schon che va entuorn avunda cu jeu vesel ella, e lu aunc stuer tedlar ch'ella hagi in auter. Oh sas, di il Franz, sas gie buca spitgar ch'ella mondi en claustra, aber ti mo pescha encunt'il vent. Il meglier fuss, sch'ella havess in auter, lu fuss il fall clars, di il Franz, e lu savesses era che quei fuss definitiv schluss e savesses finalmein serrar si la baselgia. Il Fred fema. Enstagl da star cheu e far speronzas, vas aunc culla speronza en fossa, per l'amor de Dios. Duei in empruar, a quel leu sfrachel jeu l'ossa, di il Fred. Oh jeu sai schon buca propi capir tgei che tegn aunc tei ti mordio, aber igl ei sco da tschintschar encunter ina preit crap, il Freddie fema e fa buca feda da tgei ch'ins raschuna, lez va pli bugen a frusta, di il Franz e scrola il tgau, tei fussi da tschappar pil cavez e scurlar zünftic, forsa ch'ei gidass. Il Fred streha sul frunt vi. Jeu fetsch mo spass, di il Franz e tschappa il Fred pil bratsch su, buca lai pender ils ovs, jeu capeschel schon, neu, nus mein vinavon.

Neu vi tscheu sil péz, di il Franz, jiu, tessaglia da tschella vart giuaden, pli teis che la via dalla crusch, quei cheu ei rock'n'roll. In vent piertg hai si cheu, di il Fred. Quei sufla ora a ti il tschervello, di il Franz, neu ussa si. Jeu stun giu cheu, di il Fred, bia memia ault. Tgei, damonda il Franz, oh grad ellas caultschas stos ussa buca far. Bia memia teis, di il Fred, si leu vegn jeu buca, duei tgi che vegli, miras giuadora ch'ei volva a ti la beglia. Fai ussa buca schi tup, sas toch buca vegnir tochen si cheu e star eri diesch meters sut il péz, eis bubein? El sepusa encunter igl um da crap. Clar ch'jeu sai, memia ault, fertic, di il Fred, cheu ei tiptop, enstagl da star da stretg si leu, duei tgi che sto, jeu sun buca in da trofeas, ils brötlis san ins era magliar giu cheu, cheu ein ei grad aschi buns, sas dar giu il cudisch ed jeu scrivel en in pèr vers. Sche ti vul scriver en, lu sas vegnir si tez, il cudisch dun jeu buca giu, di il Franz. Jeu stoi nuota haver scret en, di il Fred, jeu sai era dir si la poesia, ed ella va, furt, cul vent. Il Franz sesa giu spegl um da crap. Sas dar si a mi la butteglia da schnaps, damonda il Franz. Sas vegnir giu per ella sche ti vul, di il Fred. Il Franz stat sin peis e vegn giu per la butteglia da schnaps e va ensi e sesa giu spegl um da crap. Spegl um da crap ei la crusch. Levas in schluc, damonda il Franz, na, di il Fred. Jeu havess schiglioc aunc in tec tschugalata, di il Franz. Mo maglia, di il Fred, che ti vegnies gronds e taffers. Il Franz fiera giu la tschugalata al Fred. Persuenter betta si a mi las cigarettas, di il Franz. Sas vegnir giu per ellas, di il Fred. Ussa fai buca, di il Franz, smeina si quellas. Il Fred lai far. Il Franz vegn giu e pren ina cigaretta ord il pac e va ensi e sesa giu spegl um da crap. Oh coffertori, has fiug, damonda il Franz. Fiug, damonda il Fred. Peglia, di el e fiera il zünder.

Las altezias ein nuot per mei, di il Fred. Schi nausch ei quei ussa buca, di il Franz, far quen a tgau, quei gida. Aschi spert ch'ei va tut agradgiu eisi finito, di il Fred, lu vesel ner, e da quei leu da gondlas ei era in huara saich, jeu sun inaga staus culla Maria zatgei dis giul Tessin, e per serabitschar siadora ellas plauncas tier la hetta che nus havein giu per in pèr dis, era ei dad ir cun ina gondla melna sc'in auto da posta, also schon ina gondla veglia clepra, en cheu scurlavi tei, sco sche Gott fuss ordadora vida scurlar. Dapi lu rabetscha negin pli mei en gondlas. Ils dis sissu sundel ius a pei, e sin che ti eras si, eras schmacs, e dil trutg siadora savevas mintgamai star eri ed engraziar a las Nossadunnas cun kind e kegel che Dieus hagi buca pendiu giu la gondla. Maria haveva il plausch. Nus essan schon gleiti giu, di il Franz, quei ei mo in sprunc. Jeu havess che tila da fimar, di il Fred. Enta maun ha el il carnet ner. Grad sez la cuolpa, di il Franz, sche ti has schon stuiu smenar il zünder sur las preits crap giu. Ti has extra buca pigliau el, di il Fred. Jo sep meini au, di il Franz. El ha si stirnband e spieghel da sulegl. Duas tschechettas cheusi spel lag, gell, di il Franz. Gie, di il Fred. Oh nus essan halt schon camels, di il Franz, enstagl da metter fil en guila. Il Fred catscha siu carnet el sac da sia jacca da skis. Zaffermustas, di il Franz, la blonda haveva combas sc'in cavriel, jeu havess buca fatg cass, quei leu fuss stau negina zanur.

Vida dar Tgau Sep. – Il Fred fema. Basta, di il Franz, tgei dunna, la Magdalena, cavels cotschens sco las flommas dil giavel. Ed entgins lentagens matei, di il Fred. E combas liungas lunghezia senza fin e schi finas, di il Franz, jeu ditgel a ti, ina pli liunga che tschella, ed ina pial ha ella che ti vegns grad narrs. Ti eis halt in da schubas, di il Fred. Il radio cull'antenna rutta ramura. Ei fagess era bein a ti dad inaga entupar in'autra forsa enstagl da sfraccar la cavazza pervia dalla Maria, di il Franz, mintgaton vegnir in tec viadora ord il desiert, gell, schiglioc entscheivas aunc ad ir en fanzegna. Ti fas schuendel, di il Fred. Was schuendel, di il Franz, nuot schuendel. Ti stos prender si duas, di il Fred, gliez hai jeu bein fatg, di il Franz, lu sun jeu ussa vidlunder, di il Fred. Oh kasch tenka, sicher nid, ussa vegn jeu, sch'jeu hai schon stuiu prender si duas. Lu dai halt, di il Fred. Also cun quei stos gnanc entscheiver, di il Franz. Lu dai, di il Fred, jeu sai buca dar, di il Franz. Lu pren si ina, di il Fred. Aunc ina, damonda il Franz. El ha si stirnband. Oh schon segir, di il Fred. Il Franz pren si ina. Mira cheu, la dama da palas, di il Franz e ri e metta giu ella, prender si tschun. Huara schuendler, di il Fred. La dama da palas ei la pli biala. Ha cavels ners sco la Maria. Ners sco'ls cuacs dil giavel, di il Franz e strubegia vid la schruba dil radio. Ella metta aunc tei giun fossa, sche ti fas vinavon aschia. Toch'ins ha il saung che vegn dallas ureglias ora, di il Fred. Sundel staus a beiber in tscheidi, grad mo giud via, leu ella bar giu avon, di il Franz, e lu sesevel jeu leu vid la bar, steccaplein en cheu. Jeu havevel schon viu ch'ella era vegnida dad esch en, quei croda aifach si, aber fatg sco jeu fagess nuota stem. Tgau, di il Fred. Tgei tgau, damonda il Franz. Tgau, haiel detg, di il Fred, jeu hai mo pli ina carta. E nua has mess tschellas, damonda il Franz, muossa neu, nua has zuppau tschellas, ha, ti havevas toch grad aunc in sfrac cartas, sa gie buca esser. Nuot, aunc ina hai jeu, di il Fred, ina suletta. Sche ti rabetschas lu neuadora tschellas, ni, di il Franz. Dai ussa, di il Fred, ti eis vidlunder. Jeu sai buca dar, di il Franz. Sep, di il Fred. Tgei Sep, damonda il Franz. Sep, di il Fred, Tgau Sep, puspei gudignau.

Ti eis in huara cugliun, di il Franz, rövosch. El mischeida las cartas e dat ora ellas. Basta, ella vegn da davos e metta dus glas davon mei silla bar, di il Franz, aulza in glas e derscha giuaden el. Lu fa ella in segn si pil camerero e lez dat a nus dus novs schnaps. Ella aulza il glas, mira si per mei sco da dir e derscha giuaden el. Lu fetsch jeu in segn si pil calimero e racs, giuaden cul tierz en in zuc. Prender si duas, di il Fred, il Franz metta sissu in da siat, prender si quater, di il Franz. Huara furber, di il Fred e pren si quater cartas. Ella era tut en ner, di il Franz, e vitier quella cavellera cotschna, oh mett'avon. Quasi dramatic quei, ni, di il Fred. E suenter eis ella ida giu sc'ina racheta, di il Franz.

Nus calein buca tochen ch'jeu gudognel buca, di il Franz e mischeida las cartas. Quei sa aunc ir onns, di il Fred e pren si las cartas. Vid la preit penda ina fota cun si dus umens vegls che portan in küalschrank tras ina prada. Ina sco la Magdalena fagess era bein a ti, il di sissu levas ti sco sche ti havesses durmiu treis tschentaners, di il Franz. Quei fagess era buca donn a ti da far in tec trics da temps en temps. Cala cun quei, di il Fred e tschenta giu il radio cull'antenna rutta, quei dat mo scalgias. Oh ver eisi, enstagl da star en tauna e far macort'aura senza fin, di il Franz, far da frar Clau da Flia sur meins ora, cu nus essan els megliers onns. Dai, ti eis vidlunder, di il Fred. Il Franz metta las cartas sin meisa, ussa serius inaga, di el, con ditg vul aunc scappar, lai far, fai il tiu. Per puspei sebarschar stos jeu nuota barschunar giu la tiara, stiarner la semeglia per l'entira galaxia entuorn, sep mein i au, di il Fred. Mein Gott, mira, la Maria tuorna buca pli, cheu sas aunc ditg dir si paternos si e giu sco ti vul, ella ei furt e tuorna buca pli ed jeu manegel mo ch'ei fagessi forsa bein a ti da vegnir in tec denter la glieud ed era puspei entupar autras dunnas, ni, di il Franz. E sch'ella tuorna, damonda il Fred. Ella tuorna buca pli, di il Franz. Forsa tuorna ella, di il Fred. Gie, genau, di il Franz, ella tuorna, e forsa porta ella aunc in canaster da fretgs ed in pèr bücsas raviolis. El scrola il tgau. Dai uss, ti eis vidlunder, di il Fred. Forsa tuorna ella gie tuttina. Il Franz volva ils egls e stat sin peis e pren dus piers ord frestgera ed arva els.

Ella bar. – Viva, di il Franz. Neu, nus mein puspei, di il Fred e metta sia butteglia dalla vart. Sesa puspei giu, di il Franz. E tia capetscha da tulis sas era prender giu, pir che da miez unviern vesas ora. Jeu vi buca entupar la Maria en cheu, di il Fred e fema, neu nus mein. Ti stas cheu, e giu culla capetscha, di il Franz e pren giu ella al Fred. Dai cheu quella, di il Fred. El pren la capetscha orda maun al Franz e metta si ella. Viva, di il Franz ed aulza la butteglia. Ei fan viva e beiban. Giun plaun schai ina carta da jass. Igl ei il retg da cors. Pren giu la capetscha, di il Franz. El tegn siu stirnband enta maun. Na, bia memia dad ault en cheu, di il Fred, dad ault ch'ei tut tgula ellas ureglias senza capetscha. Piperlapap, di il Franz, e tila ora tia jacca da skis, cu igl ei pér grad stau stad, isas aunc ora ella sin unviern. Cheu, pren tia butteglia, e pren giu quella capetscha pil hurli, quei pon tertgar ti seigies in battaglinas.

Metta naven quei huara apparat, di il Franz. Lai mei cumbien, di il Fred. A tgi scrivas, damonda il Franz. A negin, di il Fred. Scrivas alla Maria, damonda il Franz, neve, alla Maria scrivas, dai tier, dai toch tier, neve, ti scrivas schon gl'entir temps ad ella. Gie, alla Maria scrivel, di il Fred. Ed a mi has ti detg che ti stezzies tut sias novitads, di il Franz. Quei ei buca ver, di il Fred. Clar che ti has detg quei, di il Franz. Gliez ei schon ver, di il Fred, aber jeu stezzel buca sias novitads. E ti has detg, ch'ella scrivi a ti, di il Franz. Constat era buca, di il Fred, viva. El beiba. Pia che ti scrivas ad ella e buca ella a ti, damonda il Franz. Ganz genau, di il Fred, tschien puncts, viva, el beiba. E con ditg va quei schon aschia, damonda il Franz. Il Fred fema. Naven dall'entschatta, di il Fred, pia dapi la fin. El aulza la butteglia, viva, e beiba ora la butteglia. Tgei scrivas ad ella, damonda il Franz. Dependa dall'aura, di il Fred. Scrivas savens ad ella, damonda il Franz. Mintgaton, di il Fred. E rispunda ella, damonda il Franz. Na, di il Fred, bein, also l'entschatta rispundeva ella, ussa buca pli, aber da s'entupar ei stau sia idea. Il Franz envida si ina cigaretta. Veramein, sas schon mirar aschia, di il Fred, da s'entupar ei stau sia idea.

Aunc ina, di il Fred, e va vi vid la bar per duas butteglias. La bar ei fullanada. Vid la preit penda in'ura. Ella va il cuntrari. Ussa pren giu tia capetscha da cuacs e kofferteckel, di il Franz e beiba ora la butteglia. La capetscha stat si, tochen ell'eternity, di il Fred e svida sia butteglia. Nachschub, di il Franz, vualà. Ti beibas pir ch'in puranchel, aunc in pier, di il Fred e ri. Ouh, neginas cigarettas pli, el va per novas. Ed ussa buin whisky, di il Fred e va vi per whisky. Aber da quel da Scozia lu, gell, cloma il Franz suenter ad el, e buca öppa da quell'aua da palius americana. Sin nus, di il Franz ed aulza il glas, sin nus, e sils naufragis e sillas catastrofas, di il Fred e ri. Jeu ditgel a ti, di il Franz, en cheu haiel inaga entupau ina dallas Färorinslas, quei stos inaga s'imaginar, cu ei dat schon aschi paucas, cheu amiez vid la bar steva ella, cun ina frisura sc'in matg flurs. Il Fred ri. Il Franz pren giu il spieghel da sulegl. Jeu hai scavau sc'in pauper, aber dira sco crap, buca schanza, quellas da Färor, quei ei vents crius. Oh ti cucu, quei scavar vala niente, di il Fred, quei dias ti toch adina, oh tgei scavas sc'in clown, cu ei laian dar peis tei pir ch'in pendiu e pli fetg che ti scavas e pli luschtic ch'ei quetan ei. Nuot, jeu hai scavau vinavon, di il Franz, tgi che scava ha da scavar a fin, haiel scavau sc'in minör, e lu ei in vegnius dad esch en, in sc'ina cabina da telefon, ed ha tschappau mei per la cassacca e smenau vi e da hetta viadora.

Eba, gschiet diar grad recht, havess il tat detg, di il Fred, quei sdavalem vala nuot. Oh leu haiel in temps giu empau pech, di il Franz, mo in'jamna suenter era ei aunc vegniu mender. Sas aunc ch'jeu havevel miu Volvo, damonda il Franz. In liung sc'in auto da morts, di il Fred e surri. Basta, di il Franz, lu havevel entupau ina cun in Porsche en ina bar, en in'autra, grad avon ch'jeu havevel stuiu dar giu igl uswis per l'emprema ga. Lu havevas aunc schnuz, di il Fred. Oh schon mo cuort, di il Franz, quel havevel mo schau crescher per ch'ei enconuschien buca nus dus, ti sas schon. Da Fred waiss scho, di il Fred. Cu nus havevan giu d'emplenir en las schinas da tram cun beton, di il Franz, e suenter eran halt scappai sco canaglia e tut agraden viaden ella falla, ils mauns aunc tut da maulta. Il Fred beiba. Basta, di il Franz, ins fa halt tgei ch'ins po. Uf jeda Fall, lu havevel eba entupau quella cul Porsche, Fé haveva ella num, ina Portughesa. Stau era ei ina sera da vaglia, havevan giu legher, di il Franz, e grad cun magun vit level era buca ir a letg. Ella haveva detg, jeu dueigi toch vegnir tier ella, ed jeu havevel schon in huara quet. Lu essan i ora ed els autos, jeu el Volvo, ed ella vi davon el Porsche ha dau gas e furt. Mai pli viu. Oha, di il Fred. Il Franz va vid la bar per dus whiskys e vegn anavos cun duas dunnas. Quel cheu cul käppli ei miu amigo Freddie, di il Franz e muossa sil Fred, ed jeu sun il Ferdinand. E quei cheu ei la Margrit, di il Franz, Katrin, di lezza, ah gie, Katrin, ed ella cheu cullas levzas sco schlauchs ei la Barla, ah, Barbara, di il Franz. Piacere, di il Fred ed aulza la capetscha.

Davon il casino. – Ti havesses nuota giu da scappar ord la bar tscheidi, di il Franz. Jeu hai stuiu rietscher, di il Fred, e cunquei ch'jeu erel grad giuadora e ch'ei era grad schi bi e tut quellas steilas e hardumbel vid il firmament sco penderlau si, haiel tertgau ir empau a spass. Nua eis staus, di el e tschappa il Fred per la schuiala. Quei fa schon brav atun, di il Fred, la feglia morta sternida per las stradas. Eis ius tier la Maria, damonda il Franz. Da Freddie sait nüt, di il Fred. Di buca schulas, di il Franz. Jeu hai gie detg nuot, di il Fred. Oh himmelstärrna, di il Franz, ti eis halt in tgaumaler, tgei has era fatg? Nuot haiel fatg, di il Fred. Raquenta schon, di il Franz, kumm, viadora cul marmugn, tgei has fatg? Eba, jeu sun ius en tier la Maria, di il Fred. El fema. Ti pauper galiot, di il Franz, e lu? Jeu hai scalinau, sco la glieud halt, sch'ins stat davon ina porta scalinan ins, di il Fred, lu haiel clamau, cantau, lu clamau in tec pli dad ault ed aunc inaga scalinau ed aschia vinavon, sas gie s'imaginar, gl'entir register halt, haiel sunau ora l'entir'orgla, tgei sai jeu, cun in tal penalti ella cuppa san ins halt buca pli adina tgei ch'ins fa, cu ins stat tut schräg vegn'ins buca pli da patertgar grad. Eis ius si tier ella, damonda il Franz. Oh gie, sundel ius si, e lu hai dau creflis e té, di il Fred, oh fai quen, ni havesses ti forsa schau vegnir da tegia en ina tala tragedia. Guat, di il Franz, immerhin, meins mal, jeu sun halt schon in huara camel, jeu havess stuiu saver ch'il Freddie fa saich. Jeu level schon ir si, di il Fred, sch'jeu erel schon leu, ed in truc geranis havevel era pendiu giu e priu cun mei per far in plascher ad ella, aber ella ha nuota schau vegnir si mei, aber silmeins ha ella aviert la finiastra e mirau ora.

Lein ir en, di il Fred. Cheu, metta aunc si cravatta, di il Franz e dat vi ina cravatta ad el. Rosarot, ti has aunc humor, di il Fred. Ussa fai buca aschia, di il Franz, quei va flot a prau cun tiu azuc grisch, e pren giu tia capetscha. In cun ina jacca blaua da skis, cun si in capricorn sil bratsch su, zuppegia sper els vi e vi e dad esch en. En cheu ei matei mo da tschintschar franzos, di il Fred, ina nobla societad che va cheu da stalla viaden, la kikra tut agradsi, ed anora vegnan ei sco paupers purtgers. Spetga aunc, so, cheu, fai en il nuv, di il Franz. Danunder ch'jeu duess saver co far en da quels nuvs, di il Fred. Lu tegn neu, neu tscheu, soli, di il Franz, aschia, lu cheu entuorn, zac, e da sutsi, e da surengiu permiez giu e trer per la corda ding-dong e vualà – parfäh. El ri. E ti, damonda il Fred, tgei has ti pigliau a mauns tschella sera, eis forsa era staus a cantar sut ils balcons. Oh buca damonda, di il Franz, jeu havevel ensemen ina tala knallada ch'jeu hai stuiu schar mitschar igl utschi. Bravo, ed ussa eis ella en speronza, ni tgei, damonda il Fred. Aber per ballons ei il missiö halt memia nobels, oder was. Ah sas, quels huara ballons, quei ei in saich, jeu sun halt buca il ballonmaischter. Dir si e sburbatar giu in pèr paternos e beiber in tec aua benedida e cantar il gruss engles, quei ha aunc adina gidau, di il Franz, aber ella manegiava ch'ella seigi grad spels dis da cucu giu, aschia che alles guat. Culla polizista lu, la Matilda, ni co haveva ella puspei num, damonda il Fred. La Margrit, na na, nuota culla Margrit, di il Franz. Culla Brigit lu, damonda il Fred. La Barla manegias, di il Franz, na, ellas ein lu spert stadas furt, ei seigien da tschella vart, han ei lu detg, jeu havess zuar buca fatg cass. Il Fred envida si ina cigaretta. Na na, aber la Magdalena ei lu vegnida, ti sas schon. La madonna da farbuns, damonda il Fred. Ella ei halt maridada, di il Franz, gliez ei halt empau dommasch.

Pren cun tei tiu pier, di il Franz, nus mein vi tiel roulette, aber in tec moderato all'entschatta, gell, grad camischa e capiala lein buca stuer dar giu en cheu. Magdalena, in bi num, di il Fred, jeu hai tertgau ch'ella seigi pér grad ord crosa. Knapp curonta po ella schon esser, di il Franz, aber quei ei lu ina schneidiga. El ha si cilender. In roulette russ, di il Fred. Il Franz envida si ina cigaretta. Has tes schötons, damonda il Fred. Il Franz scrola il maun el sac dil tschiep. Jeu mettel tut sils 14 da november, il natalezi dalla Maria, di il Fred e metta tschun schötons da tschien sil quitordisch. Battas, di il Franz e pren naven ils tschun schötons, mo piano piano, gell, buca grad tutti quanti, aschi da sfarlatar havein lu era buca grad, nus fagein mo sco sche nus havessen, e gl'emprem mirein nus tier in mument, e lu hop, aber passo a passo. El metta ils tschun schötons el sac dil tschiep dil Fred e beiba ora siu pier. Il Fred envida si ina cigaretta. Davos el vi va in um pign cun si ina capialuna. El ha in dent dad aur. Il Franz va per dus novs piers. Sin nus, di il Franz. Ei fan viva. Cheu hai neginas uras, di il Fred. Ti eis tiu agen retg, di il Franz. E tiu agen camel, di il Fred e fa giu nas. Ah sas, di il Franz, lu mein mintgamai tier mei a casa, e suenter fema la Magdalena aunc ina cigaretta cun mei en cuschina, e va puspei vi e dad esch ora sco sch'ei fuss stau nuot. Cu ella va da scala giu mira ella buca anavos, jeu aulzel tuttina il maun. La Maria ed jeu fimavan suenter mintgamai en letg, di il Fred, en dies. Stiarsas havein trafficau egl auto sil sez davos, di il Franz, igl era empau stretg, aber bi. Ella patratgi vida la mar, haveva ella detg. Ella ferdava sc'ina preit crap suenter in urezi.

Soli, ussa havein schau scher tut ils marenghins, ussa savein ir, di il Fred. Freddie, di il Franz e tegn anavos el vid il bratsch sut, gl'emprem prendas ti giu tia capetscha cotschna da cavrers, vesas gie ora sc'in astronaut, e suenter sesin nus giu vi leu e buin aunc in e mirein in tec cuorsas da tgauns, sche nus essan schon cheu hailandstutz. Also guat, di il Fred e fema. Dus whiskys, di il Franz si per la camariera. Quei ei lu ina tschecca, di il Franz. Quella ha dies gob, di il Fred. Grazie mille, di il Franz si per la camariera e pren giu il spieghel. Il pli bugen teidlel la vusch dalla Maria, cu ella tschontscha cun siu tgaun, di il Fred. Quei van sco rachetas, luag, di il Franz e muossa silla televisiun. Tscheidi hai jeu viu ella el marcau, di il Fred, ella era in tec pli pintga che schiglioc, aber quei fa nuot. Mira co ei dattan, sco rachetas filan ei suenter al limpilampi, di il Franz. Ella haveva en ina nova jacca ed ei svanida entuorn la cantunada, di il Fred. Tschien sil 9, di il Franz. Il Fred envida si ina cigaretta. Ti spiardas, di el. Sper els vid la bar sesa in um cun in hörrohr e beiba in cübel. Tschien, di il Franz ed aulza il glas. Il Fred sevolva viers il Franz, bene, di el ed aulza era siu glas, tschien sil 6. Viva.

Vida far ora lenna davos casa. – Sils Dieus dil lenn, di il Fred e sfracca igl uaffen giuaden silla buora, quei huara clepper vul nuota ir dapart, sas pitgar sco ti vul, quei ha halt en roma dapertut, roma sco fier. Fa dapart quei che s'auda buca ensemen, di il Franz. El ha en libli suten e si schualas. Neu vi e gida a far dapart quella capiergna, di il Fred, huara zappa nauscha che vala ca zatgei, fuss forsa da gizzar inaga, ni ha. Nüt git's, di il Franz e pren giu il spieghel da sulegl, cun quei stos vegnir a frida tez, aber cheu, pren il mogn. Ed jeu targess ora la jacca da skis. Pren aunc inagada catsch e patratga vid il buc dalla Maria e gnabatsch, di il Franz e metta si il spieghel da sulegl, encunter la scuidonza gida mo far ora lenna. Tgei, ha ella in niev, damonda il Fred e cala da pitgar. Jeu crei schon, di il Franz, sch'jeu hai viu endretg tscheidi, aber jeu stuess veramein sbagliar, sch'ei fuss buca stau la Maria maun en maun cun in da quels da spieghel. Tgei, in da spieghel, di il Fred. Il Franz penda in det el schualas. Oh scho sicher, di el. Ti fas sgnoccas, di il Fred, ti fas mo per far. Jeu fuss lu buca memia segirs, di il Franz e va cul det polisch sul tagliom dalla sigir vi. El ha si in stirnband. Ti fas mo per tentar, perquei che ti has spiars ils tschien francs tscheidi. Manegias, di il Franz. Secund davos ei tiu 9 vegnius, il pli grond schirauncal has encuretg ora, in tgil giun plaun d'in tgaun, oh quel mava gie zops, quei vesevas schon da lunsch, di il Fred e scadeina il mogn giuaden per la buora ch'ella sfracca dapart.

Oz hai en la dètga tschaghera, di il Franz e sesa giu sin ina buora, ed ei entscheiva a far freid. E lu, questa sera vegn la Marta puspei, damonda il Fred e sesa giu ella carretta. La carretta ha in bratsch rut giu. El envida si ina cigaretta. Tgei Marta, damonda il Franz. La cotschna denk, di il Fred e pren il carnet ner ord sia jacca e sfeglia. Ah la Magdalena manegias, di il Franz. El pren in schluc ord la butteglia e fruscha cul dies dil maun sur la bucca vi, na, lezza vegn buca pli schi stedi, ach, cun ella, quei ei in cliffhänger. Il Fred mira ad ault. Ah sas, di il Franz, ella ei buca pli s'annunziada. Oha, di il Fred. Forsa grad meglier aschia, di il Franz, ella hagi da far tochen si e surora, ed jeu sun lu era buca pli s'annunziaus, schar far, buca stravagar, sch'ella ei schon maridada, schiglioc dat quei mo morts. Levas era in tec tschugalata, damonda il Fred. Sco ch'ei vegnan sissu vegnan ei culla flenta, e lu has il cabaret. Na, engraziel, jeu hai inaga giu dramas cun marius, quei leu ei lu buca legher, gell. Pren dalla bregna, quella ei buontad, di il Fred, schiglioc eis ella lu furt. Anja Kovac haveva ella num, ina bellezia fatg si cun pugn, ella haveva la pli biala bratscha sut dall'entira confederaziun, oh heimatland, tgei diala, di il Franz e mira dalla brentina viaden. Ina sco la Maria en quei cass, di il Fred cun bucca pleina. Ed ella ziclava igl aug Franz, di il Franz, e lez, aschi schiarvs sco'l era, mava dallas preits si, dalla nezza ch'el era. Il Fred smuglia ensemen il pupi. Cheu, vesas quella narba, damonda il Franz, e muossa sil bratsch su, ina butteglia da vin, ina glocka da chianti, ha quella flescha fatg en scalgias e smenau suenter a mi, sundel grad aunc vegnius da scappar vi e da hetta viadora, quasi bluts sco jeu erel, quei tamazi havess guess fatg hudrifetza cun mei. Gie cun da quei leu ei buca da far witzs, di il Fred, aber ti eis halt in fredaneblas dil huz. Anja Kovac, scutina il Franz, ella purtava siu gat sc'ina handtescha.

Gie la scuidonza ei ina paupra sort, di il Fred. A tgi dias ti quei, Freddie, di il Franz, dai vi in tec tschugalata a mi. Ei ha buca pli, di il Fred. Tgei, oh ti huara magliadrun, di il Franz, ussa has magliaccau si l'entira tschugalata, ha, ti eis halt schon in sgnaf. Jeu hai bein fatg amogna, di il Fred. Il Franz stat si e tila si ils schualas. Manegias veramein che la Maria hagi in auter, damonda il Fred. E sch'ei fuss il cass, damonda il Franz, tgei midass quei? Il Fred fema. Da lunsch ella brentina cumpara e svanescha in cun ina pala sin schui. Sas, Franz, di il Fred e sfugata cul calzer vid la scorsa, jeu vi buca in'autra, jeu vi la Maria, mo la Maria. Il Franz susda, ti vegnas aunc ord il moni, e lu siaran ei en tei e dattan tablettas e perlas ed electroschocs che ti fas in sbabem. Oscha lu lai dar, lai ir, quei ei gie schon ussa buca da capir, sch'ina dunna vul ir, lu va ella, e fertic. Cheu dat ei nuot da capir, quei capesch'ins buca, quei ei mo d'acceptar. Tgi sa sch'ella patratga era vida mei, di il Fred sut vusch e pren neuadora siu carnet ner. Ti vul far flessegiar il flum sin tschella vart, di il Franz, il Rein va halt numdadiu da sum engiu e buca da sut ensi.

Egl auto. – E sch'in vegn da sut ensi, damonda il Franz, ussa va in tec sco la glieud, ti vas sc'in malspirtau. El setegn. Pir che ti havesses dad ir a rischlar. Il scarpaligiongias eis ti, di il Fred. Pazienzia has ti halt aunc mai giu, di il Franz, ussa va in tec sco la glieud oh Dieus, quella chista dat aunc dapart baul ni tard. La Maria va cun auto sc'in räuber, quei ei bi da seser en dasperas. Tochen giun Slovenia essan i ensemen, la Maria ed jeu, e lu cun quei auto cheu, ha teniu tiptop, quel va sc'in totò, di il Fred. Ti fas mo per far, di il Franz. Slovenia entscheiva en ina curva, di il Fred. E sch'in camiun vegn encunter davos la storta neu, damonda il Franz. Daco duess in camiun vegnir encunter, damonda il Fred. E cala da magliar gummibärlis duront ir cun auto, di il Franz. Auters legian la gasetta duront ir cun auto, di il Fred. Sontg Antoni, jeu hai aunc fatg giu questa sera, di il Franz, fuss aunc la pli biala. Has fluras, damonda il Fred. Ei va era senza, di il Franz. Oh in tec fluram fa nuota donn, aber gie buca rosas, di il Fred. Oh da rosas han ei ussa aunc adina giu plascher, di il Franz. Gie kasch tenka, di il Fred, gie rosas alvas sco'ls batlinis da Niessegner, gell. Schiglioc halt gladiolas, di il Franz. Lu sas era grad purtar scadiolas, di il Fred. Scadiolas cun si rosas, daco buca, di il Franz. Nix, di il Fred, sche flurerverc, lu jarvas. Tgei, damonda il Franz. Jarvas, di il Fred, vas vin curtgin dil vischin e scarpas ora in tec jarvas. Was jarvas, damonda il Franz. Salbei, basilicum, in tec tschagugliuns, rosmarin, in tec silberkrut e fefferminz, timian, aschia, di il Fred, e ligias ensemen quei scosauda e schon has in flot strüssli. Aber buca metta en schwarznesslas, mo che ti sappies, per cass ch'ei vegnessen sill'idea da metter il matg ella salata, schiglioc dattan ei lu da leuvi. Dai adatg, cloma il Franz e setegn, tgei cletgada quella gada. Cletg nuot, ti eis en salv, di il Fred e mida gang. E sche ti vargas metta silmeins ora il blinker, fai aschi bien, di il Franz. Sas tgei plascher ch'ei han sche ti portas jarvas, di il Fred. Oh jeu sai halt buca sche la Frida ha grond tschaffen da fein, di il Franz. Gie sche ti manegias lu buca serius ei lu porta nuot, gell, di il Fred. Sch'igl ei zatgei per propi san ins pil stedi pér suenter, di il Franz. Cu ellas ein furt, neve, di il Fred, lu eisi lu memia tard, aber tier tei ei soviso tut magari meins dadretg. E sch'il vent mida tuttenina tuttina e ti tilas la handbremsa, di il Franz, lu renfatschan ei a ti che ti fetschies jux e fan flucs cun tei.

Colonna dil giavel, di il Fred. Cala da tibar, di il Franz. Pir che dad ir en vacanzas, di il Fred. E la dama che ti entaupas questa sera, quella Fida, di il Fred. Frida, di il Franz. Pia Frida, di il Fred, tuna tut tuttina. Tgei tuna tut tuttina, damonda il Franz. Tuna tut tuttin'empermettend, Frida e Franz, ni, di il Fred, tuna toch flot. Ha, damonda il Franz. Frida e Fred tuna aunc pli franc, gell Franz, di il Fred. Vorsicht, di il Franz e setegn, hai, tgei huara schwein, ti vas sc'in stuorn. Mira tuttina da tener si in tec da frestg culla Frida, e fai lu buca puspei in paterlem, quei han ei nuidis sche ti patiarlas senza halt e verstan, ti has halt buca la lieunga en sac. Gliez sai jeu schon, di il Franz, sche ti vul ch'ei prendien jacca e tescha e scappien sofort, lu stos far lalas. E sche ti has miras, lu stai mets. Oh dai in tec stoff vi cheu davon, di il Fred e tiba, huara planoris. Cala da curnar, di il Franz e maglia gummibärlis, in seturpegem cun tei. Gie ei quei lu in endretg rondévu, damonda il Fred. Na na, nus havein era schon giu viriveris, aber quei ei schon stau avon ina sempiterna, ins strusch seregorda pli, machachis er'ins aunc, di il Franz, e lu essan eba s'entupai casualmein stiarsas ella bar ed havein tertgau, warum nid. Nus havevan giu in tec truscha da giuvenotters, aber buca da quei che havess teniu en. Sia tatta, veglia sco paun e latg e cun penderlau entuorn paternos pir ch'in pigniel, seseva en cuschina davos meisa e nus tschentavan en il radio per ella avon che nus mavan sin combra. Quella bar para dad esser ina goldgruaba per tei, di il Fred, aber fantasia has buca grad gronda. Tgei far cumplicau sch'ei va sempel, di il Franz. Da quels sco ti fussi da serrar en, metter on Sibiria in temps, di il Fred. Semplamein mirar da buca serrar la detta ell'escha, di il Franz. Ti eis in da ghibisgäbis, di il Fred, in buntadeivel coga, fas buca cass, ha. Ah clar ch'jeu fetsch cass, di il Franz e smuglia ensemen il pac da gummibärlis. Pren aunc ora leu in, el handfächli hai aunc in pac, di il Fred. E da zatgei serius has buca inaga che tila enstagl mo da quei sguschem, damonda il Fred. Oh beina, aber sch'ei vegn buca la dretga, di il Franz. Il Fred po rir, ti has era aunc humor. Las dretgas vegnan era buca, aschi ditg che ti fas da valer nuot, quei fredan quei. Ussa fai aunc sco sch'jeu fuss il pli huara davos, di il Franz, ti eis menders ch'in prer, oh isch doch wohr. La cua dat in tec trost, gell, aber tgei, ti dai tochen che ti has che dola, a mi ei quei wurscht, di il Fred. Oh meglier che da star cheu en malencurada, di il Franz. Mira semplamein da buca puspei survegnir fridas, di il Fred. A ti fagess quei era inagada bein, di il Franz. Tgei, las fridas, damonda il Fred. Na, di il Franz, aber da mintgaton metter en in tec a cauld. Cala, di il Fred.

Daco tuna ei tuttenina schi dad ault, damonda il Franz. Nus havein piars igl uspuff, di il Fred e mira el rücspieghel. Ha, damonda il Franz. Cheusi davos a mesa via schai el, di il Fred. E quel laias semplamein scher, damonda il Franz e mira anavos. Gie, di il Fred, sebrischas schiglioc aunc la detta. Il Franz mira puspei anavon e metta si il spieghel da sulegl. Giu ei giu, di il Fred e fema. Basta, tgi ha survegniu fridas, damonda il Franz. Ti has bein inaga raquintau ch'ina hagi dau nobis a ti, di il Fred. El ha en sia jacca da skis. Oje, quei ei schon tilada onns anavos, aber bien, leu sundel era sez la cuolpa, sch'jeu lasch scher entuorn quels huara apparats, di il Franz, tappalori ch'jeu sun, e lu ha ella halt viu e sfraccau a mi siu helm giuaden per la cuppa avon ch'ella ei ida. Quei fa mal, gell, di il Fred. Gie gliez hai fatg, di il Franz, aber quei ei schon in tschuat onns anavos. Ana, Ana si dil sid, ina Spagnola, pigliava si fiug sofort, fai quen, quella havevel jeu lu bugen, di il Franz. Mess si corns ad ella has tuttina, di il Fred. Gie nua, di il Franz e tila suenter ils schualas, nuot corns, selber corns, oh sch'ina amur sflurida scriva ed arva ora la bodega, jeu level toch nuot pli dad ella. Aber sas lu empruar da declarar vi e neu che ti hagies da far nuot cun quei, crer creian ei mo quei ch'ei vulan crer, e pli lunsch el sid che ti vas e pli farruct ch'ei fan, hostia, tgei temperament, quei fageva tut sterment. Oh ti drovas ina che tschappa pils corns, di il Fred. Il Franz mira da finiastra ora. Lu fuss ei tuttina buca schi zanistrau da sapocu scriver alla Maria, di il Fred, e sperar ch'ei vegni spiunau ora. Gie l'Ana havevel jeu bugen, di il Franz, stoda bugen. E dapi che l'Ana ei ida, vegnan e van ei empau sco ei vulan, ach, il Franz ei staunchels, di il Franz, sco ch'ei savess dar enzatgei da vaglia scappa il schleri tut alla bahuta. Gie gl'argien che nus purtein entuorn en sac dallas caultschas, di il Fred ed envida si ina. Biebein in onn essan stai ensemen, di il Franz, leugiu giun Spagna, en quei Madrid, cu jeu stevel cheugiu, seregordas aunc? Na buca idea, di il Fred. Oh jeu hai toch habitau cheugiu in onn, di il Franz. Jeu sai schon, di il Fred. Basta, empriu d'enconuscher ella havevel en ina bar, di il Franz, ach, di il Fred, e nus havevan pigliau si in lev, di il Franz, ed essan i tier ella silla terrassa da tetg ed havein fatg l'amur sin peis. Sco tgauns, di il Fred. Cullas caultschas giun schanuglia, di il Franz, e la sera sissu havein runau la madrazza sin tetg ed ella ei schischida giu en dies ch'ella veseva gl'entir benediu firmament ed jeu sissu. A mi di quei paucnuot, da quei da firmaments, aber ella haveva che plascheva da mirar si e da tschiel en duront far l'amur. Jessesgott tegn, cloma il Franz. Ils freins tgulan. Il Fred fema e fa tgau. La gruppa da mungias va sur via vi. Per l'amur da Diu, di il Franz, quellas cheu havessen quella gada bunamein mess flach.

Huara cuplic, di il Fred. Hai, ei quei stau in bi temps giun Spagna cull'Ana, di il Franz. Cugl auto dils hortulans dalla firma nua ch'ella luvrava havein mediu giu l'entira Spagna, crusch e traviers. Quei era dus bunatschs, quels hortulans, di il Franz, ei devan senza far feda igl auto, da brat per in bien sherry, in da quels rönos rapid era quei, cun dus plazs davon e davos la chista cun schibas, in alv, e leu savevas metter en madrazza e gaskocher per far caffe la damaun, dapli duvravas buca, di il Franz. Huara cuplic, di il Fred e fema.

Ella sauna. – In stoda damf en cheu, pir che quella fimera en tiu auto, di il Franz, aber ti has halt stuiu sprizzar giu cul schlauch. Ei fa tuttina bein, di il Fred e sesa encunter la preit, ussa ch'ei fa ferdaglias ordaviert. In senza mesira eis, di il Franz. Vid la preit penda Jesus vid la crusch. Siu maun dretg ei ruts giu. Sut tschiel aviert ei bi, gell, di il Fred. Inaga havevan mess ora la madrazza bi amiez in èr permiez la Provence en, di il Franz, fai quen, tut quei stellam si leu. E da mesanotg ei l'uolp vegnida. Jeu erel aunc si tiels sogns, cu l'Ana ha destadau mei, vesevas gie buca tac en quella stgiraglia. Vi leu, haveva ella scutinau e mussau cul det, ed jeu havevel smenau la sutga. Has tuc, damonda il Fred. Tuc nuot, di il Franz. Lu ei il pur vegnius culla flenta ed ha fatg uorden, lezza gada essan spert stai weg. Il Franz pusa il tgau encunter la preit. Ah dall'Ana survegnevel jeu buca avunda, di il Franz. Raschun ha ella giu, mai havess ella perdunau quei a mi, di il Franz, jeu hai plirau, dad aunc inaga empruar, aber nuot, tut envan, ina loscha dunna, l'Ana, jeu havevel lu bugen cu ella era loscha, ina dunna cun fiug e zuolper. Il Fred di nuot. Jeu sun halt mez la cuolpa, di il Franz. Sez halt empau in'uolp, di il Fred. Ella ei mai pli s'annunziada. Gliez ei consequent, di il Fred. Tgi ch'ella ei pomai oz, damonda il Franz. Aber tgi che sa buca con tup far mereta nuot auter. In caz pos schon aunc vertir, oder, damonda il Fred e derscha l'aua sur la crappa. Sas derscher surengiu igl entir cübel pervia da mei, di il Franz, il helm giuaden pil tgau ei aunc stau quei che ha fatg il pli pauc mal. Il mender ei sche ti entscheivas a patertgar suenter, di il Fred. Quei studegiar entuorn porta nuot, di il Franz, quei tila giuaden tei el strudel che ti damognas buca pli siadora, gie buca star e studegiar e strubegiar, quei fa tei fertic. Fix e fertic, di il Fred. Schar far e far il tiu, di il Franz. Gliez ei gleiti detg, di il Fred. Sco ch'ei entscheiva a girar si surcombras stos grad prender e far enzatgei, di il Franz, gie buca star e studergnar entuorn, quei ei gnacs. Il Fred derscha in caz sur la crappa. Ei fa fem. Buca raschieni vegnevel da durmir, di il Franz, ina notg pli blutta che l'autra, gie buca da tener ora era quei oh koffertami. Il Fred mira agradora. Schar far, lai far e fai il tiu, di il Franz, fuss gie donn.

Fai aunc mal, damonda il Fred. Ha, damonda il Franz, buah, ferdaglia. Sch'ei fetschi aunc mal, damonda il Fred e ligia entuorn il schigentamauns. Buah, quei fa bein, di il Franz e tschenta giu l'aua, tgei has detg? Fai aunc mal, damonda il Fred. Oh, ussa vai tec a tec, di il Franz, aber quei ei schon stau ina huara tescha. Stun mal, di il Fred. Cun gliez eisi buca fatg, di il Franz. Tgei s'empos jeu sche quella vacca stat davos la curva, di il Fred. Aber a ti san ins dir tgei ch'ins vul, ti teidlas soviso buca, di il Franz, jeu sai buca contas gadas ch'jeu hai detg a ti dad ir in tec sco la glieud, aber il Fangio va sc'ina fiergna. Pardon, gell, di il Fred. Il Franz fruscha sul cumbel giu. Ed il tgau, damonda il Fred. Oh il tgau, di il Franz. Lai ver, di il Fred, ina biala narba tras la barba vi, sc'in risverschluss. Sis pézs ha'l stuiu cuser, di il Franz, aber las dunnas han bugen da quei. Metta si in tec té da froslas, di il Fred, quei gida, e maglia ina banana. El stenda vi ina al Franz. Ed igl auto ei schrott, damonda il Franz. Il mehanicher manegiava, cheu sappi el buca far la massa, di il Fred. Ti eis halt schon in, di il Franz, las vias miez scheladas e tschel va sco a Le Mans. Quei paga la segirada, di il Fred. Leu fussel lu buca memia segirs, di il Franz, quella crappa da fiug ei fendabluzchers. Schon sclariu giu tut, tutto bene, di il Fred. Wenigschtens das, di il Franz. Ed il mehanicher ha detg, di il Fred, el hagi in auter auto per mei, in Fiat. Havesses quasi mess nus si e da tschiel en, di il Franz e fa giu la banana, da quels sco ti fussi da serrar en. Il Fred schai giu sil ligastuahl. Oh tei mettan ei forsa plitost giu e da fuorn en, di il Fred e fema, cheusi ein ei lu stregns, Sogn Pieder sin porta veglia schon. Gie matei, di il Franz. Giu gl'uffiern laian ei ir ABBA, di il Fred. Il Franz fa giu nas. Ina lingia giu gl'uffiern cul chezer, fai quen, cun tut tes puccaus e verstoss, di il Fred, cheusi gida ei soviso nuot da far bittibetti, Niessegner ha nix erbarm.

Ed il rondévu culla Frida ei era futsch, di il Franz, tgei di da fugir oh copfertelli. Seigies leds, di il Fred. Tgei leds, di il Franz, la Frida ei lu ina fiffiga. Gie lezza ei ussa matei furt, di il Fred. Raquenta quei ad enzatgi, crei gie buca cua a ti, di il Franz, tegnan tei pil pli grond plapperi. Inaga per veta va ussa mintgin inaga sur ina vacca ora, ni buc, di il Fred. Oh gie, aber oh Dieus, oh co tuna quei era, di il Franz, Cara Frida, mina liaba Fründ dr Fred hät an Kuah über da Hufa gfahran und i han da Kopf agschlaga, kan nid kho, dr Franz. Oh tgei, di il Fred, bein bien. Jo kasch tenka, di il Franz, quella tratga ti fetschies gägs. Oscha scrivas halt puspei ad ella, di il Fred, Cara Frida, d'Kuah isch zwar tot aber minam Kopf goht's wider guat, so wennd no nid furt bisch, gsehmer üs am Fritig, F, ps: dr Fred hät jetzan an Fiat. La Frida ei ussa soviso grad giun Frontscha, di il Franz, levas era in tec banana? Maglia in tec fretgs, Fred. He Fred, pren in tec fretgs. Das buca risposta, ni tgei, di il Franz e pren giu il spieghel da sulegl e mira vi sil Fred. Hallo, Fred, bisch no do, damonda il Franz, tgei fas pomai. Nuot, di il Fred. El ha si capetscha. A tgi scrivas puspei, damonda il Franz. A negin, di il Fred. Metta naven quei huara uaffen, di il Franz. Mo maglia ti tia banana, di il Fred. Scrivas alla Maria, damonda il Franz. Na na, di il Fred. Oh dai toch tier, di il Franz. A sia mumma scrivel, di il Fred, jeu hagi per cass stravagau per cor sia feglia, ella dueigi drizzar ora. Ach saich, clar che ti scrivas alla Maria, di il Franz. Epi, damonda il Fred. Quei porta toch nuot, di il Franz, oh jägheri. Has era ina cigaretta per mei? Pren, di il Fred. Nua has ellas, damonda il Franz. Leu sil möbel, di il Fred. Il Franz envida si ina e schai puspei giu, ahh, quei fa bein.

A ti fagessi era bein dad ir in tec giun Frontscha, di il Franz. Jeu sun buca in da vacanzas, di il Fred e derscha in caz sur la crappa. Tuttina, di il Franz, vegnir in tec sin auters patratgs. Culla Maria sundel staus giun

Frontscha, a Sainte Marie la Mer, di il Fred. Quei ei stau in fiasco, in senfitgem di e notg. Caliras en cheu, tgei suadas, di il Franz. Bi eisi tuttina stau, vacanzas ei adina bi, di il Fred, e turnai essan suenter siat da gissiat dis, buca da tener ora quella burnida, quei fa vegnir malidis tochen funs. Gie jeu sun era buca in da vacanzas, di il Franz. Il pli bugen sundel a casa, haiel detg si per la Maria, di il Fred, ed ella ha detg, lu va toch, ed jeu hai detg, bien pia, e sundel ius. Oh has bein buca schau anavos ella, damonda il Franz. Bein, di il Fred, aber a Montpellier sundel puspei turnaus envi. Tgei caussas, di il Franz. Oh sas, giu cheu sper quellas rivas en talas caliras e schar barsar ora, di il Fred, buca da tener ora. Jeu sun era buca in da rivieras, di il Franz. E daners havevan era lidipauc, lidinuot, di il Fred, stos mirar tier co auters maglian glacés e laias dar la liua. Tgei suadas, di il Franz e streha sul frunt vi. E mintga sera has puspei danovamein in sunnastich ed eis pli aschs ch'in gräpfrui. Suenter haiel cumprau il bus, di il Fred, lu eisi stau bien. Tgei bus, damonda il Franz. Il T4, di il Fred.

Vida bardigliar. – Quei verd leu, quei VW, damonda il Franz. Annada 83, di il Fred, cun quel havein fatg bia turas. Aschia haveva mintgin il siu, jeu havevel il plausch vidad ir cun auto, ella vid la mar. Quel beiba brav, di il Franz. Gliez bein, tredisch sin tschien, di il Fred, aber robustas cogas, quels T4, quei ei satans, damognas buca empaglia. Pren la cigaretta ord bucca, lu vai forsa meglier, di il Franz. Cigaretta stat en, di il Fred. Sin treis, di il Franz. E hop, di il Fred. Oh tgei laias dar, di il Franz. Quei piertg dumignein nus buca dad esch ora, di il Fred. Gliez vesein lu aunc, di il Franz, cheu, pren gl'emprem in pier, quei dat zatgei schub. Il pli bi viadi ei stau quel permiez il Piemont giu, di il Fred, e giun Genua dretg vi suenter la riva viaden. Viva, di il Franz e beiba. Nus vegnevan buca giu dil fletg, trasora era ei puspei dad ir ella draussa e star in tec per liung. En quels T4 sesas sco sin in baun sut ina plonta, quels han buca dus sezs davon, di il Fred, mobein ein tut en in toc, sc'in baun eba. Sco ell'America, di il Franz. Enzanua stos jeu aunc haver quella fota dil radar, di il Fred, nua che nus sesin egl auto bratsch en bratsch sc'in pärli pensiunau spel Lago di Lugano.

Buca raschieni, di il Fred, cheu dat ei da far ora il mir. Manegias, di il Franz, per posta da quei pleder, oh gliez fuss era grad surfatg. Bein bein, di il Fred, cheu fagein ora il mir. Schiglioc fetschel vegnir si il flaischer da visavi, il Feltscher, di il Franz, quel ei ferms sco siat. Feltscher, cloma el da finiastra ora, Feltscher. El vegni si, di il Franz, neu, nus sesin giu. Gie cul T4 essan trottai da Finale l'entira riva vi tochen vin Crap de Creu, gest sul cunfin ora, di il Fred, e leu sil Crap de Creu havein dau giu plaid. Oh buca di, di il Franz. La Maria haveva en ina rassa nera neraglia cun spizzas tochen giu tiels calcogns, ed il vent che strihava ad ella sul dies niu vi, in spitachel, quella dunna en quei vestgiu, di il Fred, ed il vent che targeva ses cavels viers nord. Il Franz fema. Quei emblidel pils dis che restan buca pli, di il Fred. E giuaden ella carpuna dil Crap de Creu, nua che la mar scadenava vi encunter la crappa e sprizzava siadora tiladas, haiel fatg in fiug per la Maria, quei ei stau mia versprechig. Tiu vut, di il Franz sut vusch e sufla ora il fem. E silla crappa, cu la mar buorlava e berglava, havein fatg l'amur.

Grazie mille, cloma il Franz aunc suenter al Feltscher ed aulza il maun. Ei neiva. In umeneri, di il Fred, strusch da capir, nus dus havessi quasi buca druvau, quel ha fatg quei tut orembora. Oh grad persuls sas era buca schar purtar el, co vesa quei era ora, di il Franz. In pèr Partagas portel vi ad el persuenter, el fema schi bugen duront ch'el resgia dapart vaccas. Grad in tec brav feudal da fimar tala rauba duront resgiar vaccas, di il Fred, ni buca. Mo dil pli niebel, di il mezgermaischter adina, di il Franz, il rest seigi ca acca. Ina biala trucca, di il Fred. Quei ei aunc quella dall'Ana si da Spagna, di il Franz, aber bscht. Sch'ella savess da quei cheu, lu stess ella il di sissu sin porta. Las baras che vegnan neunavon enten bardigliar, ni, di il Fred e fema. Silla trucca ei scret si la cefra 41 cun ner. Il Fred fruscha cul maun suravi, en cheu havessen dus tgauns plaz. Gie cull'Ana sundel era inagada ius sur ina vacca ora, di il Franz, da stgirenta notg lu aunc. Jeu hai bein detg che mintgin mondi silmeins inaga per veta sur ina vacca ora, di il Fred. Nus eran sin viadi la notg da Barcelona siadora cul röno rapid dils hortulans, di il Franz, e sper Girona ora, cu ei entscheiva ad ir dil stutz siadora si viers il cunfin, haiel tuttenina viu vi davon in auto da vitgira. In tschiensissonta da leu siadora e l'Ana durmeva dasperas, ed jeu dil teis si sc'in canun gest sin vargar il camiun, cheu sesarva la porta davos dil laschtwaga ed ina mesa vacca schelada schula davos ora viadora sin via ed jeu cun in tschiensiatonta sur la vacca schelada viaden, oh tgei sontga teschada, oh tgei blutta cletgada, oh tgei sprunc stravagau sur quella mesa vacca schelada ora. Fatg nuot, damonda il Fred. In pèr sgreffels, di il Franz, aber cheu miras schon aunc tup.

Sche nus fussen lu gleiti a fin, fussi lu bien ed endretg, di il Fred. Silmeins hai buca dau malhörs. Il Franz va on cuschina per dus novs piers e dat in al Fred. Cu jeu havevel bardigliau culla Maria, di il Fred, la sera havevan giu da purtar giu tut il bagasch dil tschunavel giu en zuler, per ir cul da grop, e cu jeu sun ius vi davos el quartier per ir pil bus, era lez nuota dentuorn. Sco striunau, damonda il Franz. Jeu havevel parcau nua ch'ei era nuota da parcar, havevel lu realisau, di il Fred, pia ch'ei eran i cul bus. Aschia ch'ei ha giu num da puspei runar igl entir huara hardumbel vi e da quella scala stretga siadora tochen si el tschunavel. Aunc avon ch'ei ha puspei catschau dis eran è a fin. Il bus haiel saviu ir pertut pér treis dis pli tard, tochen ora sugl ur dil marcau ora eran ei i cun el. El envida si ina cigaretta. E per cumpletar il hantieri haiel, il di ch'jeu hai puspei giu il bus, sgarflau si in bmw, di il Fred, omisduas portas, l'entira vart vi, aber silmeins han ei buca fatg teaters. Pagau cash sil maun plat. Suenter ha la Maria piars las clavs dalla nova habitaziun, ed jeu hai aunc fatg ina ruosna el küalschranc cul schrubaziher, cu jeu erel vida pitgar giu cun marti e tilaschrubas il glatsch. Enstagl da semplamein trer ora il stecker, gell, di il Franz.

La massa resta buca pli, di il Franz. Il meglier fuss da prender ina mulda e smenar tut da finiastra ora, furt cun tut, enstagl da tener si da quei plunder, di il Fred. Tgei plunder, damonda il Franz, nuot plunder. Runas gie mo dad in cantun a l'auter, di il Fred, el cass ideal havess tut plaz en ina trucca. Jeu vi buca saver tgei che ti has aunc tut en casa che fa puorla, di il Franz. Tgei ei quei cheu, damonda il Fred e tegn ad ault. Quei leu, di il Franz e studegia in mumenet, quei haveva l'Ana purtau a mi da Canada, cu ella era stada leuvi in amenet. E tgei fuss quei, sch'jeu astgel dumandar, damonda il Fred. Quei ei, di il Franz e studegia. Sche ti sas buca pli, lu grad weg cun quei, di il Fred. Na na, di il Franz e pren ei orda maun al Fred, quei ei da tener si. Tener si, tener si, gie Dieus pertgiri, pertgei pomai, damonda il Fred, cu ti sas gie gnanc pli tgei ch'igl ei. Lai ver, di il Franz e volva sin tuttas varts, quei ei toch, quei sto toch, jeu crei, quei sto bein esser in, in kisac, ni buca. Ha, damonda il Fred. In kisac, di il Franz, in rahmbläser, quei vesan ins toch sofort, in rahmbläser, per metter si groma.

Cheu derschas en la groma, siaras giu, lu smaccas viaden cheu la patrona, vesas, di il Franz, scrolas in tec e primaguat, e schon ei la groma pronto. Tgei caussas, di il Fred ed envida si ina cigaretta. El ha en la jacca da skis. Quei ei ina raritad, in model canades dils onns trenta il pli probabel, in dils emprems kisacs insumma, in'antiquitad, ina perla denter ils kisacs, ina preziusadad, quei ei nuota da trer furt, jo fai quen, fuss aunc la pli biala, fierer tocca schi custeivla. E quei vi tscheu, quei tgietschen cheu, di il Fred e tegn ad ault. Tscheidi ei la Magdalena puspei s'annunziada, di il Franz. Ei quei era in kisac, damonda il Fred e smuglia ensemen il pac vit da cigarettas.

En perschun. – Has buca zatgei cigarettas per mei, damonda il Fred. Oh tgei pomai has era fatg, di il Franz e sesa giu davos la schiba. Bi che ti vegnas a visitar mei, forsa vegn la Maria gie era, di il Fred, aber silmeins cigarettas havesses saviu purtar. Oh tgei has era fatg, cloma il Franz. Jeu hai che tila da fimar, di il Fred, kopfridstutz. Has fatg star in, damonda il Franz, ha? Nuot haiel fatg, di il Fred. Was nüt, di il Franz, nuot, adina nuot, sch'ins damonda tei has adina fatg nuot. Sesa puspei giu, di il Fred, e ti stos tschintschar dil hörer en, el tegn ad ault il hörer, schiglioc capeschel jeu buca tei. Il Franz pren giu il hörer e tegn el vid l'ureglia. Tgei has fatg, di schon, di il Franz, x-enzaco dumignein nus schon tei orda cheu. Also, di il Fred. Di schon, di il Franz. Gie gie gie, jeu ditgel gie schon, di il Fred. Lu di endlich, di il Franz. Also, di il Fred, quei ei aschia, jeu hai mess ora il sac da miardas la gievgia enstagl dil venderdis. E lu, damonda il Franz. Nuot e lu, di il Fred, quei ei tut. Tgei quei ei tut, di il Franz. Das isch alles, di il Fred. Tgei huara saich, di il Franz, cala cun tias praulas. Oh schon segir che quei ei aschia, di il Fred. E lu, ha, lu han ei serrau en tei, ganz genau, il Freddie ei en perschun cun mörders e vergewaltigers, perquei ch'el ha mess ora il sac da miardas la gievgia enstagl dil venderdis. Oh scho sicher ei quei aschia, di il Fred, sas schon smarvegliar, era quei ei in malfatg tenor lescha. Huara cuac, cala cun tias pulaccas, di il Franz, di ussa, tgei che ti has pil tenti fatg, buorla il Franz dil telefon viaden e stat sin peis, e daco has detg nuot, avon che ti has fatg star in. Sesa puspei giu, e sequietescha, di il Fred. El ha si sia capetscha cotschna. Segir, Franz, di il Fred, ganz sicher, jeu hai mess ora sin via il sac da miardas la gievgia enstagl dil venderdis e quels capaneghels han tarmess a mi in quen da 150 francs, di il Fred, e cunquei ch'jeu hai buca pagau il castitg, han ei halt tarmess ina mahnig e smanatschau cun Hafttage, genau aschia steva ei scret ella brev, ed jeu hai suttastrihau Hafttage cun in stift tgietschen e scret dasperas gerne e Liebe Grüsse F e tarmess anavos la brev. Aschia ch'ei han fatg kurza prozess e mess mei vi e da furnel en. Fas sgnoccas, damonda il Franz. Na, di il Fred. Segir, damonda il Franz, tschien per tschien, di il Fred. Il Franz scrola il tgau, oh ti eis schon buca diltut schubers. Tgei buca schubers, di il Fred, per star e star a casa e mirar en siat vanauns saiel grad schi bein seser entuorn cheu, quei mida nuot vida quei che la Maria ei furt, e vitier spargnel aunc e stoi buca cuschinar. Il Franz volva ils egls e tila profund flad. Sper el sesa ina dunna cul hörer ner enta maun e fema Select. Co ei il da magliar, damonda il Franz. Flot, di il Fred. Eis tetovaus, damonda il Franz. Na, di il Fred. E con ditg stos aunc star, damonda il Franz. Tochen mardis en in'jamna, di il Fred. Fas strehs vid la preit, damonda il Franz. Na, di il Fred. Fan ei ir tei en rudi, damonda il Franz. Na, di il Fred. Ed eis chignaus en ina cella cun aunc diesch auters, damonda il Franz. Einzelzimmer, di il Fred, cun televisiun, quasi sco a casa, oz avonmiezdi haiel mirau slalom.

Oh grad sur Nadal havesses buca stuiu schar metter en pegna, di il Franz. Ti has raschun, di il Fred, Nadal senza cigarettas ei in saich. E fai inaga la barba, di il Franz, vesas gie ora sc'in selvadi. Has schon cumprau pacs, damonda il Fred. Gliez fetschel damaun, di il Franz. Per mei dat ei quasi nuot mender che cumprar pacs, di il Fred, sper quei vegnel uonn bugen ni nuidis giu. Cumprar pacs ei mender che seser en gondlas melnas, di il Fred e dumbra si vid la detta, cumprar pacs, formulars ed aunc ina tiarza caussa ch'jeu emblidel adina, quei ei quasi las treis mendras caussas dil dumperdi ch'ei dat, cheu aulza ei grad il techel. Oscha tgei ei schi nausch vida pacs, damonda il Franz, laias pachetar en in pèr creflis giul Globus e basta. La Maria fageva schenghetgs rufinai, di il

Fred, ha halt in maun fin per tut tgei ch'ei castg e lu tschalpergnava tschel da tscheu neu plein schliata cunscienzia cun in climperverc ch'enzatgi haveva schau anavos da bardigliar giu sin via, jesses, sch'ella havess bandunau mei pervia da quei capess jeu sofort. Ti surfas, di il Franz. In onn haiel schenghegiau ad ella in Commodore 64, di il Fred, aber il cabel muncava. Quels prendan halt si bia plaz, di il Franz. Igl onn sissu haiel schenghegiau nuot, jeu erel piars en tut quei brimborium, ed in auter onn haiel regalau ad ella ina pluna lenna, di il Fred, pil cheminé halt. Sco lieur schenghegiass jeu era rebas, di il Franz. Aber la surpresa per propi ei che tschel ei en scaffa, di il Franz, bravo.

Sch'ei havessen silmeins serrau en nus pervia da, ti sas schon, di il Franz. Pervia dil Diesel, damonda il Fred. Buca schi dad ault, di il Franz, ei audan aunc, quei ei denk aunc buca verjährt. Gie quei ei stau in flot temps, di il Fred, la Maria fageva da narr ch'jeu dueigi inaga mirar d'anflar ina lavur, jiu co ella fageva, di il Fred, fageva sco da pender, jeu sappi toch buca far da valanuot dis en e dis ora, con ditg ch'jeu vegli aunc far vinavon aschia, mo cun quei kinstlerverc seigi aunc buca magliau ed aschia vinavon, e sch'ins hagi in di famiglia ecetera ecetera, jeu dueigi finalmein mirar ch'jeu anfli zatgei da vaglia ed aschia vinavon, oh tgei orachels, gie krachadas havein giu pervia da quei, kofferteckel. Gie matei, di il Franz. Ed in di sundel vegnius anavos cun neglas ed in huara plausch ed haiel detg si per ella, di il Fred, il Freddie hagi ussa ina plazza, ina flotta lavur, el mondi cul Franz la notg sin baustellas a pumpar giu Diesel, il Franz hagi extra zambergiau ina pumpa per ch'ei mondi pli spert, ruczuc mondi quei, ed il Diesel vendien els ad autras firmas ed ils daners partien ei halb halb. Oh koffertami tgei urezi quei ha dau, di il Fred. Gie leu havein in temps fatg flottas facultads, di il Franz. Jeu hai aunc oz in tschuat truffels ord quei temps si sut letg en, quei tegn en flot, di il Fred. Tochen che tschei tahani ha dersch igl ahänger el craisel, di il Franz, ha halt puspei inaga giu dad ir sc'in räuber. Gie nua, di il Fred, ti has buca ligiau si il tanc scosauda, tgei s'empos jeu, e lu ha quel dau vi e neu e tut ei halt cupitgau. Treimelli liters pigl asfalt vi, pil tenti, di il Franz, gie sch'ei havessen pudiu tier nus lu oh lu orapronobis. Suenter ei stau da calar cun da quels skerzs, di il Fred, aber nus pumpavan silmeins giu mo da firmas sustenidas dil stadi, tonta maxima havevan lu schon. In tec schar giu groma al stadi, di il Franz. La fota che di havevas fatg cul tanc el craisel haiel guess aunc enzanua, di il Fred. La veta ei magari schon absurda, gell, di il Franz e drezza siu stirnband, sche ti fusses silmeins en chista pervia da gliez, gliez fuss aunc da capir.

Sin canapé davon la televisiun, Lauberhornabfahrt. – Schon buca da capir, quei van sco spinners, di il Fred e fema, teman lidinuot. Tila vi in tec igl umbrival, ei tschorva, di il Franz, e tila inagada ora quella jacca da skis. Tila toch ti, di il Fred, jeu pos buca star si. Ti eis pli datier, di il Franz e fa pli dad ault la televisiun. Hundschopf, zacherzucher, tgei teschadas quei dattan, di il Fred. Pir ch'igl Eddie the Eagle, gell Freddie, di il Franz. Hopla, di il Fred, quel cheu gudogna buca oz. Tgi che schai, schai, di il Franz. Il Fred ha si capetscha. Che ti pos aunc fimar suenter la notg vargada, di il Franz. Naven da damaun femel il dubel, di il Fred. Jeu hai in tgau sc'ina sadiala da plech, di il Franz. Gliez beiba aunc dapli, di il Fred, tgi smarveglia. Tgi che beiba astga era esser stuorns, di il Franz. Leu has raschun, di il Fred, era il beiber fa part dalla veta. Quei smalefix whisky alla fin, quei MacDuff, ha lu definitiv mess mei da leuvi, di il Franz. Seigies silmeins leds ch'jeu hai purtau tei a casa, di il Fred, aber ti has fatg brav prova, tschella gada pesavas aunc pli pauc. Jeu sun era buca staus en perschun, di il Franz. Engraziel aunc pil cake da citrona che ti havevas purtau sperasvi, di il Fred. Scho recht, di il Franz. Il Fred smacca ora la cigaretta e tila igl umbrival. Aber silmeins haiel durmiu bein, di il Franz e susda, durmiu sc'in palfier. Esser carstgaun stunclenta, di il Fred e sesa puspei giu. Il Franz sgrata il bratsch su. Jeu hai semiau che miu bab hagi sittau giu mei, di il Fred, jeu stevel en schanuglias ed el steva davos mei ed ha teniu il lauf a mi ella totona e pamf. Gie la buis da catscha bassa lu, damonda il Franz. Jo, doppellauf, di il Fred. Miu bab ha mo in bratsch, di il Franz. Dretg ni seniester, damonda il Fred. Dretg, ei aber zanistrer, di il Franz. Oha, di il Fred. Tschell'jamna ha la Magdalena durmiu cheu in pèr notgs, di il Franz, e la davosa damaun avon ch'ella ei ida, ha ella detg si per mei, ti has durmiu sc'in miert, quei ha plaschiu a mi, sc'in crucifigau has viu ora. Oh ussa ha el bein schau ora in tor, di il Fred, oh pauper ortoped, sc'in torpedo spel tor giu. Gie quel fa oz era buca cranz, di il Franz e scrola il tgau. Pervia da quei sballunan ils cuolms tuttina buca, di il Fred.

Lein mirar tgei ch'el cheu fa, di il Franz, ussa dai la biega. Tgei pamfeli ei quei, damonda il Fred. Oh enconuschas buca la glieud, di il Franz, pli datier san ei ussa buca ir culla camera, in nasun. Buca schnall tgi che quei ei sut quei helm en, di il Fred, jeu enconuschel buca la glieud. Quei ei mo ina stgisa, di il Franz, ti vul buca enconuscher la glieud. Nuot stgisas, quei ei eba il saich, buca raschieni enconuschel la glieud, di il Fred, cu tut ha trasora novas frisuras. Ti das puspei da crer ina, di il Franz. El ha si ina schlafmütza alva. Nuot da crer, creias pia buca, damonda il Fred. Oh grad ad enconuscher la glieud vegnas ussa bein aunc, di il Franz. Sche ti savesses, ti mo fai beffas, di il Fred, buca raschieni sai tgi ch'ei tgi, lu mondel tras il marcau ed entaupel puspei enzatgi ch'ins havess d'enconuscher e saiel in gottsnama buca tgi che quei duei esser davon mei, quei ei lu in huara saich, sep kann i diar säga. Schon, damonda il Franz. Bien ch'jeu hai quei e buca ti, di il Fred. Avon ch'jeu hai entupau la Maria haiel in temps era fatg in tec da larifari sco ti, mett'avon il turpetg ed il sfrac schlepras entuorn las ureglias ch'ins resca d'incassar, quei deglia lu, gell. Aber silmeins ils nums tegnas endamen, damonda il Franz. Gie kasch tenka, ils nums schaian crusch e traviers, di il Fred. Oh buca di, di il Franz, ti paras schon dad esser setschentaus sil tgau e buca sillas toppas. Aber sch'jeu sai inaga tgi che stat davon mei, di il Fred, lu saiel dir a ti sil di genau, cu jeu hai entupau e nua e sai sburbatar giu l'entira sceneria. Oh aber buca grad il datum, damonda il Franz. Datum, onn, uhrzit plus minus in'ura. Bravo, pir ch'in computer, mo ch'el enconuscha halt buca la glieud, di il Franz, in zanistrau ora. Jeu hai saung nas, di il Fred. Beschtzit, cloma il Franz.

Sacrament, quei ei tessaglia pistas, di il Franz. Silla televisiun ei ina vasa verda cun en fluras. Las fluras ein seccas. Culla Maria sundel era inaga staus siaden cheu treis dis, di il Fred. Si Wengen, damonda il Franz. Grad vi dasperas en in flot hotel, di il Fred, far in tec bialaveta. E dapi lu tilas buca pli ora la jacca da skis, damonda il Franz. Treis dis havein dau heighels si cheu, di il Fred, quei mava péz a cup, battagliunas havein giu, mess pag hab e guat e ual stuiu temer da spiarder las caultschas, aber unentschida la fin. Ella smenava vi quellas cuclas hailanzac, quasi scadenava empaglia quella rauba, haiel stuiu dar sc'in pauper per tener petg. Aber quei mazza bratscha, suenter treis dis havevas bratscha tochen sut schanugl. Bi eisi tuttina stau. Il Franz metta si il spieghel da sulegl. Gie oz han ei buca giu gronda ventira, nos rennfahrers, di il Franz e mida canal, silmeins han ei buca sfraccau combas, chi va piano va sano e lontano. Reclamas, dapertut mo reclamas, di il Franz e zaprogna d'in canal a l'auter, mo reclamas. Tgei has cheu per heftlis, damonda il Fred e pren in giud meisa. Quei ei buca ils mes, di il Franz. Gie miras ti hefts da dunnas, damonda il Fred. Sch'jeu ditgel toch, quei ei buca da mei. Naturalmein buca, daco era, sch'ei schaian tier tei, san gie buca esser da tei, ni, di il Fred e sfeglia. Quels ein dalla Magdalena, di il Franz. Cheu emprendan ins ina massa, di il Fred. Jeu hai bein detg che la Magdalena seigi stada cheu in pèr dis, di il Franz e tschenta giu la televisiun. Siu um ei ius sin viadi da fatschenta vin China. China vesa ora silla carta dil mund sc'ina gaglina, di il Fred. Aschia ch'ella ei stada cheu ina piaza, di il Franz, jeu hai buca fatg cass. Vi l'Asia sundel aunc buca staus stedi, di il Fred e stat si. La Magdalena ei electrisch, di il Franz. Ti eis sepigliaus en in tec, di il Fred. Ach wo, di il Franz. Clar che ti eis sepigliaus en, di il Fred. El pren il globus giud cruna e va ord stiva. Ussa cala, di il Franz.

On cuschina. – Ei vegnan e van, aschia van las jamnas dil land ora, di il Franz. El ha en in überclaid blau. Las combas dallas caultschas ein memia cuortas. Il Fred fema e fa caffe. Jeu pos buca pli far sdavalems, di il Franz, jeu hai che tila da zatgei da vaglia. Arvas vi la porta-clavau ed ei brischan ora a ti il fein, di il Fred ed arva las scaffas. Il caffe ei aunc adina vi leu sul fuorn, di il Franz, stos aber aunc mular el. E lu has igl inferno, di il Fred ed empleina il mulin da caffe. Quei ranscha aber era culla Magdalena, di il Franz, ei da tempra araba. Quei fa bein a ti, di il Fred, ina che tegn stendiu las hottas. Tuttina, grad far tut a manez e marsialas sto gie era buca esser, ni, di il Franz, s'arranschar, schiglioc ranscha ei. Ti eis sepigliaus en, di il Fred. Ei dat mender, ni buc, di il Franz. Resta mo in panzieri, di il Fred. Ah, jeu pos toch era buca star cheu e sfraccar la cavazza, di il Franz, igl ei sco gl'ei, il flum anfli schon la via alla mar, dian ei. Quei ei empau sco cul scursalar, tener si las combas e schar ir. E sche ti emprovas da frenar, sfraccas mo las combas, pia setener e schar ir, schar ir tgei che va. Il Fred strubegia dapart la caffetiera. Sch'ella sesa suenter cheu davos meisa en cuschina e fema, eis ella bellezia, di il Franz. Il Fred lava giu duas scadiolas e metta ellas sin meisa. Ei dat nuot pli bi che l'egliada d'ina dunna suenter far l'amur, di il Franz. Zucher, damonda il Fred. Jeu beibel ner, di il Franz. Il Fred truscha. Cu la Maria suna accordeon, ha ella era quella egliada, di il Fred. Il Franz pren giu il spieghel da sulegl. Davos el vid la preit penda ina fotografia d'in domptör ed in tigher. Tscheidi haiel viu la Maria el marcau, di il Fred. Ella era cun in auter. E lu, damonda il Franz. Igl ei sco sch'ei fagessen ora lenna cun tei, di il Fred.

Ha ella viu tei, damonda il Franz. Ella ha mirau, ed ha mirau naven, di il Fred. Sas, di il Fred, in dumperdi senza Maria ei sco in ruog senza funs. Has che fa mal, damonda il Franz, ti vas zops. Schon dapi in tschuat dis, di il Fred. Has pitgau en, damonda il Franz. Na, jeu hai semplamein disau si dad ir zops, di il Fred. Tgei disau si, damonda il Franz. Semplamein aschia, ina disa, mintgin ha sias disas, oder, di il Fred, jeu astgel bein far tgei ch'jeu vi, nus essan libers en quei grau, oder nid, ti has era tias disas. Il Franz aulza las survintscheglias. Sas, di il Fred, in dumperdi senza Maria ei sc'in auto senza motor. Gie sc'ina canzun senza strofas, neve, di il Franz. In utschi senza tetg, di il Fred. Ina sutga senza peis, di il Franz. Il Fred metta si la platta. In santeri senza fossas, di il Fred. In'enta senza schnabel, di il Franz. Dolurs senza comba, di il Fred. In cuafför senza forsch, di il Franz. In canun senza plum, di il Fred. Ina pegna senza rohr, di il Franz. In velo senza pedalas, di il Fred. In Fred senza cigaretta, di il Franz. Baul ni tard tuorna ella, di il Fred e fema. Oh Fred, ti vesas spérts. Ier haiel viu in spért en mia habitaziun, di il Fred, el steva sper la maschina da lavar. Has ti ina maschina da lavar, damonda il Franz. Jeu hai cumprau ina sils Treis sogns Retgs, di il Fred, ed haiel rabitschau ella persuls da scala si tochen si ella secunda alzada e vi e da hetta viaden, sin quei sundel aunc oz loschs. Oh vesses detg enzatgei, di il Franz, gie pli bugen ir empaglia avon che schar gidar, gell. Ei dat caussas, di il Fred, cheu ston ins tras persuls. Auters ein vegni smaccai plats da maschinas da lavar, di il Franz. Basta, di il Fred, il spért ha num Paul e habitescha ella maschina da lavar. El ei empau transparents e di buca la massa, aber quei fa nuot.

Culla Maria sundel staus onn si Binn, di il Fred. Nua, damonda il Franz. Si Binn, di il Fred, el Valleis Su, jau, haveva quei nevadas, grad suenter Daniev essan i si per dus dis, stai essan sis. Havein giu cheusi dis senza fin. Aunc mai udiu, di il Franz. Oh quei ei buca pli grond ch'ina pala neiv si cheu, quei ei schi pign, quei ei strusch nudau en si cheu, di il Fred e fa ir entuorn il globus ch'ei sin meisa dalla cuschina. Cheusi han ei mintg'onn sur Nadal e Daniev in festival el hotel Ofarohr, e lu essan i si, la Maria ha giu in concert, e per suenter aunc star e tedlar in tec jazz e far patgific. Basta, leu palandrava il Herr Schmid di e notg pils corridors. La finfinala essan eba stai leusi sis dis, dis senza fin, di il Fred, nevi en, quei calava buca da bischar. La neiv in film met davos finiastra e nus fagevan l'amur sin canapé. L'emprema sera, nus sesevan tard el bistro digl Ofarohr. Il Franz beiba. Cheu sgolan dus glas giu dil tablar, la cameriera susda, e gest suenter schulan duas scadiolas giud la maschina da caffe. Gie aifach aschia, ord il nuot, damonda il Franz. Aifach so, di il Fred, il Herr Schmid drova siu schnaps, ha la cameriera detg, ei ida vi davos il büffet, ha empleniu in glas cun vinars ed ha aviert la finiastra e dersch il vinars da finiastra ora. Lu ha'l Schmid dau ruaus. Ach saich, di il Franz. Nuot saich, di il Fred, e la notg spluntava il Schmid vid la finiastra e l'escha che tgulava. Mo da far clar als spérts, che ti hagies il davos plaid. Il Franz stat si e va vi pil ruog da caffe ed empleina las scadiolas. Da temps en temps mava la cameriera en davos en sala gronda, jugendstil, e sunava sil flügel, Chopin, scheva ella, quei quieteschi il Herr Schmid. Il pli bugen havessel sil fiat miers el culiez, di il Fred. Alla cameriera, damonda il Franz. Magnetic, sco striunau, di il Fred. Oh lu orapronobis, di il Franz, cu ti havevas mo la Maria el tgau. Si leu buca, di il Fred.

Silla sutgera. – Sche nus vegnessen lu enzaco giu da cheu, di il Franz, con ditg pendin nus gia si cheu? Duas uras e raps, di il Fred. E per siglir giu eisi aunc adina memia ault, damonda il Franz. Sas gie empruar, sche ti vul, di il Fred, seglia giu, sfraccas las combas. Altezia koffertami, di il Franz, has buca tema? Bein, di il Fred, aber ins s'endisa tec a tec vid ils precipezis. Oh quels huara truts, di il Franz, han tschentau giu la sutgera ed emblidau vi nus. Ins emblida ch'ins vegn emblidaus, di il Fred. Oh tgei huara tgaus da lenn, di il Franz, oh ch'ei tschentan giu la sera la sutgera cun si glieud. En quella tschaghera, di il Fred, da quei schabegia, in amenet buca far feda, quei ei human, quei ei segir buca manegiau nausch. Ei fa plaunsiu freid, ha, di il Franz. Ei va aunc, di il Fred, lezza gada sil Gottard da militär fageva ei pli freid. Cu, damonda il Franz. Igl emprem d'uost, la damaun dallas siat, ei cuflava e fageva, di il Fred, cu ti eis vegnius da leuvi cun giu la scaffa da mustgas, ti vegnies buca pli da far si ella. Mauns tut marvels, di il Franz. Quei ei schon huara apothechers, aifach schar pender, ed els ein matei cheugiu ella penta vid igl aur sco sch'ei fuss nuot, e nus pendin si cheu sco dus prers. Ti levas unbedingt ir cun skis, di il Fred, pervia da mei havessen ruasseivlamein saviu star en stiva caulda. Oh sas, di il Franz, ti sas toch buca star dis entirs per liung e lad. Clar ch'jeu sai, di il Fred. E panzergnar entuorn vid la Maria tochen che ti eis blaus e balurds. Clar ch'jeu sai, di il Fred. Jo kasch tenka, sch'ei entscheiva a far rudi rudiala eisi da dar liber, quei ei in karussel infernal, also grad ir en giadina per posta dall'amur, per l'amur da Diu, jo merci koffertori, gliez fuss aunc la pli biala, cu ti eis els megliers onns. Il Fred fema. Tgi che sesa sin in cavagl carpau, duei ir giu, di il Franz, mo ch'ei dat halt da quels che sefan gnanc en ch'ei sesan sin in gaul ch'ei futschs. Huara cleppers, sevila il Franz, mo da sperar che nus stoppien buca gest star sur notg si cheu, buca che nus schelien lu aunc en, fuss gie donn. Fuss magari in tec ina sempla fin. Gie la fin san ins halt buca encurir ora, di il Fred, cu gl'ei finiu eisi finiu. Oh aber grad in tec pli dign, di il Franz. Cheu, fema ina, di il Fred e stenda vi ina cigaretta al Franz.

Il Franz sufla ora il fem. Co vulesses ir, damonda il Fred. Murir, damonda il Franz. Sche ti astgasses eleger, di il Fred. Jeu vi buca murir, di il Franz. Era ti stos ir enzacuras, di il Fred, pia, sche ti astgasses eleger, co vulesses murir? Cun in tec dapli glamour, di il Franz, e ti? Sco'l Fazandin, di il Fred. E quei sessel d'anno tubac, tegn quel era nus, ni tgei, damonda il Franz. Buca sdavalar memia fetg, di il Fred, e lu havess quei schon da tener, aber ins sa halt mai, bein pusseivel ch'el lai dar, schon enqualin che ha dau liber. E lu sfrachein il knick, di il Franz. Il pli probabel, di il Fred. Bien pendas silmeins buca persuls, gliez fuss mender, sche ti stos schon pender, di il Franz, jeu lasch buca pender tei persuls. Il Fred ha si spieghel da skis. Cheu, pren in schluc kirsch, di il Franz e pren ina butteglia ord la jacca. Engraziel, di il Fred e beiba. Sin nus, di il Franz e beiba era. Jeu level aunc prender cun mei igl apparat, di il Fred, aber ti has fatg sco da pender cun mei, na na, has detg, sin pista drova negin da quei climbim. Oh schiglioc havesses puspei giu da scriver alla Maria, di il Franz. Ussa vesas nua che quei meina, di il Fred. Oh tgei sontg'altezia, ins vesa gnanc pli il funs giachischen, il blut vit giu cheu, di il Franz e mira puspei ensi. Encunt'il vit ei da far vuts, quei dat fetg, di il Fred. Schiglioc haiel adina in sughet cun mei pil tenti, di il Franz, aber grad oz buca, in sughet haiel adina ella valischa, adina, ti sas mai, per cass ch'ei brischa, oh tgei odissea.

Ahh, vit, di il Franz e volva la butteglia cul tgau engiu. El fiera la butteglia giu el vit. Mira cheu, di il Fred e pren ina nova butteglia orda sac, oz ei da far viva. Ah jessesgott, ti has gie natalezi oz, oh stgisa, hai jeu gie tut emblidau vi, auguri amigo, auguri, di il Franz ed embratscha il Fred. Grazie mille, di il

Fred, aber sdaviala mo empau. Tgei giavischas, damonda il Franz. Crutschas ed in spieghel, aber cun schibas, di il Fred. Beiba, di il Franz. Ti beibas sco emprem, di il Fred e dat la butteglia al Franz. Sin tei, di il Franz e beiba, prima gsöff, cheu, pren in cluc. Il Fred beiba. Murir il di ch'ins ei naschius, quei ei silmeins consequent, di il Franz. El ha si stirnband e spieghel da sulegl. Tiarzonn haiel fatg per la Maria ina tuorta sin natalezi, ina schwarzwälder, ina sc'in pneu. Lu ha ella segir giu tschaffen, di il Franz. Ins fa halt tgei ch'ins sa e po, aber quei ha ella lu schazegiau fetg ch'jeu hai fatg la breigia, di il Fred. Gie lu fussi per propi da cantar, di il Franz. Cantar avon ch'ei fa stgir, di il Fred. Sas cantar, damonda il Franz. Oh na, buca schanza, di il Fred, in tec chorals, aber schiglioc pauc da valeta, schar cantar tgi che sa. Gie han ei nuota fatg cantar tei el chor, damonda il Franz. Chor nuot, mia carriera musicala ei cuorta, dus onns da buob bletsch ella musica, di il Fred. Posauna, damonda il Franz. Pauca, di il Fred. Oha, di il Franz e mira anavon. Aber cu la Maria suna accordeon, lu porta ei tei lunsch naven da cheu, di il Fred. Jeu hai inagada giu haudri cun in'organista, di il Franz, quella haveva ina cavellera neraglia tochen onsum il dies e canvialas zartas, il dies tut agradsi, jeu ditgel a ti, quei fa lu schon aunc impressiun sch'ina camonda in'entira armada da pfifas. E cu ei sunan propi forte fortissimo per propi stauscha quei tei vi e davosora.

Oh duas treis butteglias havess jeu schiglioc schon aunc, di il Fred e rabetscha ina suenter l'autra ord la jacca, quei cheu fuss inaga in'agua ardiente neu da Mexico, lu in kirsch giu da Vättis, quel ei lu buns, tegn inaga, sche ti fas aschi bien, e lu aunc ina Olsen. Gie battas, ina Olsen, cloma il Franz e tarlischa, ti eis in retg.

Ella pizzeria. – Lu viva, di il Franz ed aulza il pier. La megliera pizza haiel giu culla Maria giu alla riva taliana sper Finale, di il Fred, quella ei stada gratuita. Gliez ei veramein buca car, di il Franz, aber pren tuttina giu la capetscha. La capetscha stat si, di il Fred. E la jacca da skis, di il Franz, sco da miez unviern sesa el en cheu, also schon, cu ei fa schon prest primavera. Suenter in di plein carplinas havevan tertgau che nus drovien ussa ina sera romantica sper la riva cun pizza, di il Fred e fema, schegie che nus havevan daners nuot. Sch'ins ei halt da viadi ensemen, entscheiva ei baul ni tard bugen ni nuidis a sgriziar, di il Franz, quei ei pil solit mo ordinari, ei anflan halt la fava el lag. Basta, tschenau flot, di il Fred, e la pasch havevan era aunc anflau quella sera egl entir melodrama, e nus eran gest a fin, cheu metta il camerier il taglieret da plastic cul rückgeld sin nossa meisa enstagl da metter el silla meisa dasperas, nus havevan gie aunc buca pagau. Aschia che nus havein priu il rückgeld e schau anavos zatgei trinkgeld ed essan stai si ed i. Quei va semper tochen che quella pizza vegn, di il Franz, pervia da mei savessen ei lu vegnir, jeu havess nuot encunter, jeu pudess lu schon vertir enzatgei da ruir plaunsiu. Lu havein tertgau, sche nus havein schon buca pagau, di il Fred, lu mein la sera sissu grad aunc inaga ordeifer a tscheina. La Maria leva tschenar da quei dalla mar, ti sas schon, crebs e crevettas e da quei hardumbel, di il Fred. Da quei crempel leu stos lu buca vuler far magliar mei, di il Franz, fas gie in semudergem schon per prender dapart. Oh mett'avon, di il Fred, jeu leu davon quella platta cun si in huder che mirava tut schräg, sas gie buca co strubegiar dapart quels schanis. Na da quei handel leu, di il Franz e scrola il tgau. Ina purtgaria tochen ch'ins ha sfraccau dapart la rauba, di il Fred, la tocca che siglienta pigl entir restoran entuorn, epi sas buca tgei che fuss da magliar e tgei da smenar. Gie in magliar ch'igl ei in seturpegiar, di il Franz. La Maria haveva in entir zoo sil taglier, di il Fred. Ella ha lu aunc giu da schigiar austras. Tgei, damonda il Franz. Austras, di il Fred. Da quei leu magliel jeu buca, di il Franz, quei dat ovs ners. Quei eis aunc treis dis suenter vida remegliar, di il Fred, haiel tertgau jeu stoppi schar murir ella giuaden cheu, ella steva miserabel, treis dis ha ella buca saviu co star pervia da quei battaclanc, ed jeu dasperas e savevel pil giavel buca tgei far.

Gie manegias nus stoppien ir ora sezs e far quellas pizzas, di il Franz. Il Fred fema. Malsauns sundel staus mo inaga per propi, di il Franz, suenter tiu natalezi. Seigies leds ch'il pur ch'ei ius sutora ha udiu nus, di il Fred. Gliez havein era fatg ina huara hara sin quella sutgera, di il Franz, ina babilonia si cheu. Quei ei stau in bi natalezi, di il Fred. Jeu havevel schon tertgau ch'ei seigi buiu ora, di il Franz. Sche schon ir sut, lu scosauda, gell, cun pump'e posaunas, di il Fred. Zacherblé tgei ustrinkata che nus havein fatg, di il Franz, jeu havevel ensemen in penalti bestial. Gie in barlot royal sin quella sutga, di il Fred. Pardon, di il Franz, cu il camerier va sperasvi. Quel fa quei extra, di il Franz e pren giu il spieghel da sulegl, aunc murir dalla fom kopferteckel, quei vegn bein buca ad esser in tal striegn da zambergiar ensemen quella pizza. El metta puspei si il spieghel da sulegl. Giun Santo Domingo, naven da Madrid anora eis si en duas uras, di il Franz, havein l'Ana ed jeu durmiu egl auto dils hortulans, e persuenter havevan tertgau da tschenar in tec pli da camifo, quasi engarschau nus han quei. Quei calava buca da vegnir glieud cun carrs e tagliors ord cuschina, e cu ti tertgavas ch'ei seigi denn amol guat, vegnevan ei aunc cun dapli, quei haveva buca fin, tgei abundonza, jeu ditgel a ti, havein magliau da schluppar. Ed oz laian ei ir nus a smerscha, di il Franz, jeu mon ora e fetsch mitgiert. Mo lai en il revolver, di il Fred.

Avon ch'jeu havevel entupau la Maria, sundel staus in temps aiör, di il Fred, aber culla cuschina haiel ca giu cletg. Pli lunsch egl ost che ti vas, e pli cumplicau ch'ei vegn, di il Franz. Il Fred emposta dus piers. Jeu sun staus in avemaria vin China, di il Franz, aber suenter mai pli. Il haudri a China ein quels stäblis, schon buca da capir, daco che la glieud maglia cun festa. Sch'ei dat schon savetschas, di il Fred. Sch'ins fuss lu inaga vegnius da tener quels stäblis fuss ei stau bien ed endretg, di il Franz. Fuss stau da far in cuors dalla sera avon ch'ir en China, di il Fred. Ti havevas aunc detg si per mei, di il Franz, jeu dueigi prender cun mei ina duas savetschas, in tschadun da suppa ed in cunti. Aber jeu havevel tertgau, enzaco vegni quei bein ad ir, aber hopla, ils stäblis che siglientavan per l'entira ustria entuorn ch'ils Chines fagevan egliuns. E grad catschar il nas giuaden el taglier savevas gie era buca, quei havessen tertgau, nus seigien selvadis neu tscheu ell'Europa. Sch'ei havess silmeins dau truffels ni zatgei semegliont, che ti havesses saviu catschar en ils fests, gliez fuss gie aunc iu, aber leuvi datti ris di e notg e buca schanza da cargar quei sils pals. Aunc murir dalla fom ord spir inschign, di il Fred. Ils truffels havesses gie la fin finala era saviu magliar culs pugns, di il Franz, negin che havess detg zatgei sche ti havesses fatg in tec discret, aber il ris, leuvi dat ei gie pauca letga spel ris, il rest sas gie buca tgei ch'igl ei, stos gie bunamein star tiel ris, schiglioc maglias aunc da quei che ti stesses in di lu forsa aunc mal che ti has magliau. Ti eis cotschens sc'ina tomata, di il Fred, pren in schluc, isch jo guat, cheu pren in slep, quei sfreida in stel e slucca in tec.

Per las vias el marcau. – Co has fatg quei, damonda il Franz. Tgei, damonda il Fred. Ti has buca pagau ils nussgipfelis, di il Franz. E lu, di il Fred. Tgei e lu, di il Franz, tochen oz han ils nussgipfelis aunc adina custau. Ella ha schenghegiau els, di il Fred. Schon, damonda il Franz. En cheu haiel aunc mai pagau, di il Fred. Ah cala, di il Franz, ella schenghegia stedi a ti ils nussgipfelis? Era paun e paunets, di il Fred. Oh tgei caussas, gie gliez ei buca nuot, di il Franz, ed auters ston barhar pir che asens per posta d'in toc paun, e tschel va dad esch en ed ora sc'in uestg. As isch wias isch, di il Fred. Quei ei lu ina biala, la pecca, di il Franz. Jeu sai, di il Fred. Bellezia schuialas, di il Franz. Grazius, neve, di il Fred. Ei savess biaga esser aschi sempel, di il Franz. Neve, di il Fred. Culla Magdalena ei nuot sempel pil mument, di il Franz. Jeu havevel tertgau ei seigi finis, di il Fred. Ella fa aurasut, di il Franz. Oscha raquenta, di il Fred. Ach sas, di il Franz e pren giu il spieghel da sulegl. Ha ella mess tei en handschellas, damonda il Fred. Na na, per gliez fetschel buca cass, aber nus havein trasora in senfitgem, di il Franz e metta si il spieghel da sulegl, in senfitgem da cac. Dad ina vart eis ella cun siu um, e sch'ella damonda lu mei, sch'jeu stetti lu era a mischun, sche ditgel halt, oh in tec traffic hagi jeu halt schon, e lu eisi era buca endretg. Aber grad dar si tschaguolas ad ella vi jeu era buca, gie jeu savess buca daco. Beinduras eisi meglier da quescher, di il Fred ed arva giu la jacca da skis. Bien, tut raquentel ussa era buca grad, di il Franz e drezza il stirnband, grad tut sto ella nuota saver. Aber sco che ti das tier ein ei cul burriu anora. E sche ti desses ad ella in tec da far ora lenna, damonda il Fred. E suenter va ella e sbatta igl esch ch'el dat bunamein ord rahma, di il Franz, e ti stas suenter treis dis pli mal ch'in caz furau. Levas in tec zuchercandel, damonda il Fred e tegn vi il pac. Il Franz metta in en bucca, ed jeu stuess lu star cheu ed esser cantlis, gliez lu bein, tut havessel da schar valer, dar il tgau sin tut pir ch'en baselgia, oh isch doch wohr. Il Fred envida si ina cigaretta. Las flurs dil di, di il Fred e fema. Aber da l'autra vart eisi era bi, di il Franz, tscheidi eis ella vegnida dad esch en senza salid e nuot e cul maun a mi ina lingia giuaden ellas caultschas e rabitschau ora la lumpa.

In spitgem cheu tier quellas lampas, di il Franz. Pazienzia stravagada has ti aunc mai giu, di il Fred. Oh sch'ei schessen lu vegnir verd fussi bien ed endretg, di il Franz, tgietschen nua ch'ins mira, in spitgem dapertut per quels marcaus entuorn. Lai ual, di il Fred e smacca ora la cigaretta cul pei. Ussa beina, di il Franz, haiel tertgau quei laian oz buca pli nus sur via vi. Il Fred siara si la jacca da skis tochen sum. Era quei buca grad la Maria el bus, damonda il Franz. Beina, di il Fred e tila la capetscha sur las ureglias giu. Vai, damonda il Franz. Ei va, di il Fred, solala. Neu, porta la plonta, nus mein vinavon, di il Franz, buns nussgipfelis. In vent piertg, di il Fred, mintga gada ch'jeu vesel ella, e dapertut nua che ti vas vesas ella, e lu entscheivan las ureglias a tgular. Oh mira, di il Franz e stat eri sil trotuar, ei san schon buca con tup far, van afängs entuorn cun autos sco cargafeins, di ti sche quei fa pli ventireivels, ni sche quei ei mo strof. Ventireivels ein quels che prendan igl aperitif a Schanghai, gentan a Tokyo e maglian il dessert a Singapur, di il Fred. In da quels autos patagners ha era igl um dalla Magdalena, han in asen che tgagia raps on bargia. L'auter di cu ella ei stada haveva ella en resti suten che cuosta ton sco treis pagas d'in scrinari. Tscheidi haiel scret alla Maria ina carta sin natalezi, di il Fred. Cu ha ella, sonda, damonda il Franz. Na, di il Fred, il november, aber quei fa nuot. Cu la primavera vegn gia da zuler en, di il Franz. Halt cun in tec retard, di il Fred. Il Franz smuglia il scarnuz dil nussgipfeli. Die Einsamkeit ist ein Schimpanse, haiel scret si davos, di il Fred. Gie has scret si per tudestg, damonda il Franz, cu ella sa toch era romontsch. Sin tudestg tuna ei meglier, di il Fred, ni co levas dir quei per romontsch? Cheu has era raschun, di il Franz, e tgei havevi si davon? Il Sorbas, di il Fred. Alexis, damonda il Franz. Ganz genau, il grec, di il Fred.

Si cheu vida la bar dalla grande salle dil hotel havevel empriu d'enconuscher la Maria, di il Fred. Ella ei ussa in'autra, di il Franz. Ella steva leu ed ordentuorn tut che steva eri, aschia parevi, di il Fred, aber buca raschieni fuss jeu ius vi ni ella vegnida neu, aschia ch'jeu havevel dersch in pier grond sul tgau giu. Neve, di il Franz, quei dat in tec curaschi. Jeu hai teniu il glas plein sul tgau, di il Fred, e dersch ora il pier sul tgau giu. Ella steva leu e mirava, sco en zitlupa, ed en ses egls in entir uaul ch'ei sesaviarts. Leu ha ella forsa schon aunc mirau tup, ha, di il Franz, ti matei schmic schmac. Ed ord siu tgau carschevan fluras. Aber la capetscha has silmeins priu giu avon, damonda il Franz. In VW Cäfer cun ina dunna veglia cun si spieghel varga sperasvi sc'ina racheta. Tgei huara canera quei VW fa, di il Franz e mira suenter al VW. El envida si ina cigaretta. He, Fred, Fred, di il Franz, Freddie, hallo, haa-llo. Sia vusch ei schi ferma sc'ina tema, scutina il Fred. Ligia mei vid il pal. Ha, damonda il Franz. Mes mauns ein staunchels, di il Fred.

Far giu bücsas culs maletgs ch'ins porta entuorn en ins e metter giun tschaler, di il Fred si per sesez. Il temps cun ella ei stau sc'in schliep. Ha, damonda il Franz. E tut ils siemis ch'ins ha cumprau. Jeu havess queidas d'in pier, di il Franz. Ti vegnas adina a gudignar, scutina il Fred. In augsegner sin in moped va sperasvi. El ha si in helm tgietschen e sia rassa nera sgulatscha. Neginas cigarettas pli, di il Fred e va vi tiel kiosk, levas era zatgei. Oh sche ti damondas grad, dai neu in kägifred, di il Franz. Il Fred va vi tiel kiosk e tuorna envi. Mira tscheu, di il Fred e stenda vi ina landeslotteria al Franz. Lai ver, di il Franz e scarpa si ella. Has tratg zatgei, damonda il Fred. Ina blutta nulla, di il Franz, jonu. Ei dat da s'endisar vida primaveras senza hirundellas, di il Fred. Ed ussa pudein schar schular in tec, di il Franz, schiglioc satiaran ei aunc el senza nus. El havess guess aunc nuidis, di il Fred. Gie sch'ins vegneva memia tard da scola viaden, gliez haveva el buca bugen, di il Franz, quei fageva vegnir el granata. Survegniu bia fridas, di il Fred e fema. Aber schiglioc in bienatsch, di il Franz. Gie gliez en mintga cass, di il Fred, e tuttenina ein ins schi vegls sco l'atgna basatta e bunamein aschi morts. In auter ei era morts, di il Franz, ed a messa mava el mai, gie schizun da sia atgna bara han ei stuiu purtar el en baselgia. Gie ils scolasts ch'ins ha giu, di il Fred e maglia il kägifred. Sas aunc, damonda il Franz, suenter scola havevan dad ir giu sin plaz scola cul scolast a sittar penaltis pils pensums da scola. Leu era el reclis, di il Fred. In da nus haveva dad ir en gol ed il scolast sittava treis penaltis, di il Franz, sch'el fageva silmeins en dus penaltis, havevan nus pensums, e sche nus tenevan silmeins dus, havevan eba negins pensums. Quei ei veramein fair, di il Fred. Jeu sun dapi sempiternas buca pli staus ensi, di il Franz. Era leusi dat ei buca lieurs senza ureglias, di il Fred. Cheu el marcau hai schon empau glieud da tutt'uisa, di il Franz cun bucca pleina, cheu vesas diltut, tgaus gronds, rodunds, aults, tgaus quaders, spelai, tgaus carschi en, tgaus nervus, benedi, tgaus plein quitaus, tgaus plats, empau diltut. In um vegn encunter e varga sper els vi, el ha si ina capetscha cotschna e fa si per els sco sch'el alzass il capi. En bucca ha el ina cigaretta. Hm, schon aunc luschtic, di il Franz. Ei stattan eri e miran suenter ad el. Nua has parcau, damonda il Franz. Giu davos la staziun, di il Fred e smacca ora la cigaretta cul pei. Il pli bi eisi el marcau cu gl'ei cuvretg, di il Fred.

Giu spel Rein. – Ei vegn guess aunc che plova, di il Franz. Jeu prefereschel ils urezis al sulegl, di il Fred. Il Franz pesca. Jeu hai semiau dad utschals ners cun becs bia memia gronds, di il Fred e fa fiug, e da siu maun cul niev rinc haiel semiau. Il Rein, quella vacca veglia, ha schon magliau bia tractors, di il Franz. Il suentermiezdi vegni il vent, la sera la plievgia, e damaun igl atun, di il Fred. Jo kasch tenka, di il Franz. El ha en in libroc. Ei freda bein avon ch'ei plova, di il Fred. E cu ei plova penda la glieud las olmas vid finiastra. Quei ei stau ina flotta sepultura tscheidi, di il Franz, tgei sfraccada fluras o sin fossa, ed ina stermenta polognesa han ei fatg vi da baselgia viaden. Jeu hai era schau plascher, di il Fred. Jeu hai halt adina bugen cu la capella suna chorals, di il Franz, e bialas monduras han ei, a mi plai quei halt, quellas caultschas verdas cun quei tschiep oransch. Mo donn ch'ei mettan buca si las capialas cullas plemas. E biars ein ei halt era buca pli. Il Fred metta si sia capetscha. Il prer, in sc'in gessler, ha era fatg flot, di il Franz. In tec dau giu ha el, di il Fred. Quel ei era gia vegls sco'ls fiars dil giavel, di il Franz, jeu sai aunc, quei era in sc'in stgirat, zuppava ils marenghins empau dapertut. Prers e pluscheins ein mai pleins, scheva la tatta adina, di il Fred. E sch'ins savess da tut ils affons ch'ils prers zuppan sut letg en, di il Franz. Oscha dai era neu a mi ina cigaretta. Il Fred stenda vi ina cigaretta ad el. Il grond kunscht dalla veta ei la mort, di il Fred. Baul ni tard han tuts da vegnir cheu sperasvi, cheu vegn negin sperasgiu, di il Franz.

Gie contas gadas ch'ins sto aunc murir, tochen ch'ins astga lu veramein ir, di il Fred. Miert e fatg l'amur vegn el lungatg mumma, di il Franz. Mira inaga, di il Fred, tut quellas tschittas neras.

Gie tut las pintgas morts, di il Franz e sufla ora il fem. Les petites mortes, di il Fred. Jeu hai inaga giu giun Spagna ina che leva far tschintschar mei franzos, di il Franz, oh jeu sai toch buca franzos, jeu havevel matei enzacu per liung dalla sera schau schluitar ora ch'jeu sappi flot franzos. E duront leva ella tuttenina far paterlar mei franzos, paterlar welsch duront far l'amour, oh sontg Antoni, gie leu havevel fatg il pegliasis, ella fageva in huara paterlem, oh schon buca da capir, sc'in nachrichtasprecher, cu ins deva schon tutta breigia e deva schon tgei ch'ins pudeva ed haveva schon ils mauns pleins da far, e lu aunc stuer far lalas, e lu aunc per franzos, oh schon buca da capir, ei era da fugir, vegnevas buca da tschentar giu ella ed jeu in semudergem dad enten sdavalar aunc vida sburbatar ensemen quels per paucs plaids franzos ch'ins saveva duront ch'jeu prendevel ella, per far in plascher. Oh sas, also schon ina zuamuatig, jeu sai toch buca far treis caussas enina, e grad ton franzos saiel lu veramein buca, leu tonscha quei tec franzos ch'ei han mislau en a nus lu aunc ditg buca, gell. In miserabel scolar da franzos erel, gliez vegn aunc vitier, sche miu scolast da franzos havess udiu mei quella notg si leu sut tetg giun quei Barcelona, quel havess giu ina baracca dil cor sofort. Far sevolver ils morts en fossa, di il Fred. Il Franz tila il tgau ellas schuialas. Mo impurtont ch'ins ligi sofort ensemen las combas als morts e cusi giu ils sacs, di il Fred. Jeu havess quella notg fatg meglier da tschintschar romontsch enstagl da secrucifigar cul franzos, di il Franz, ella saveva gie buca franzos, e romontsch e franzos, quei tuna ussa nuota schi huara different, tuna toch tut tuttina, quei fuss stau il meglier, lu fuss tut stau bien e tut che havess giu il gaudi.

Culla Maria giu cheu spel Rein, di il Fred e schai giu en dies, cheu essan stai stedi. Oha, stuiu schar mitschar in, di il Franz, aber ins pesca gie buca per pigliar pèschs, schon tener en in tec la lontscha ei bi. Nus sper la riva, di il Fred, e las plontas ordentuorn che giravan. Matei in solemn schemem el murmurar dil flum, ha, di il Franz e mira a tschiel. Il vent che scutinava suls dos en, di il Fred sut vusch. D'amore non si muore, di il Franz viadora sul Rein vi. Pir ch'in prer vida urar, di el si per sesez e lai dar la cigaretta denter la crappa e sevolva viers il Fred. Oh teidla, di il Franz e scrola il tgau, tei eisi strusch pli da gidar, cheu emporti buca cont'aua che cuora dalla vallada giuadora, ti vul ir cun carr e cavagl tral Rein. El sevolva puspei viers il flum. Lai ir cul flum oh numdadiu, schar murir l'amur per vegnir surora, oh tgei drama, di il Franz, l'infinita tristezia, ha, aber aschi ditg ch'ins tegn ora sesez, pervia da mei, gell. Igl unviern ei scadin cass ius da rendiu, di il Franz, per cass che ti has aunc buca fatg persenn, e la jacca da skis sas ti ruasseivlamein trer ora. Aber igl ei sco da tschintschar si per las spundas. Sche nus eran buca spel Rein, lu mavan nus si spel lag egl uaul, di il Fred. Jeu sai, di il Franz, quei has schon detg. Mira, mintga flum ha pil solit duas rivas, di il Franz, quei cheu ei la buna vart, e quei vi leu ei tschella. Aber silmeins has calau da scriver ad ella, di il Franz. Neve, ti has bein calau, jeu hai tiu plaid. Il Fred dat il tgau. Ni che nus mavan ora sil lag cun barca, cun cozza e vin, di il Fred. Culla Magdalena sundel stiarsas era staus ora sil lag, di il Franz. Sch'ella fussi in utschi, lu in che vegni magliaus d'enzatgi che hagi fomaz, ha la Magdalena detg si per mei o sil lag ella barca. Il Fred sfugata cul fest ella burnida. Il pli bi vid ir cun barca ei da suenter ligiar si il sughet bletsch entuorn la petga, di il Fred. La davosa gada che nus havein durmiu spel lag, ei era sin sferdentar giu, di il Fred, sundel vegnius neunavon la notg, jeu stuevel setener vid il pastg per ch'jeu crodi buca si e da tschiel en. Basta, di il Franz, smeina tuttina in per truffels ella cotgla.

Il Franz tila en la corda e beiba pier, uonn ein ei in tec pli baul vidlunder ch'ils auters onns, di el e spetga tochen che la barca culs musicists culs instruments da plech ei vargada giu. Quei varga era, di il Franz, ussa has halt grad viu ella, schi frisch smacca quei halt sil puppen, jeu sai schon, aber mo spetga in pugn plein dis, e ti eis puspei en gamba. Il Fred tila la capetscha sur las ureglias. Gleiti fai stad, di il Franz. La stad ei in unviern coluraus verd, di il Fred. Oscha lein aunc inaga far in'emprova, di il Franz e fiera ora la lontscha, forsa ch'ei dat gie tuttina aunc zatgei preda pil gril. Tochen ussa haiel pigliau mo da quels per unfrir allas olmas piarsas. Ina litgiva da vaglia, gliez fuss da capo, enstagl mo da quei clepperverc da cac. In di plova ei, lu dracca ei e dat puspei sulegl, cufla e fa caliras, dat garniala ed ei step e neiva, e lu tila puspei il vent tras vals e valladas e foppas e draussas, tgi vegn e tgi va, di il Fred, aschia va il temps dalla tiara viadora. La davosa gada ch'jeu hai viu il bien schulmeister selic ei era stau spel flum, di il Franz, avon bia onns schon, nus schischevan ademplat cullas caultschas tochen funs ed il tgil resch alv viers tschiel ed il surmeister ei vargaus sperasvi cun siu tgaun. Il Fred dierma.

En sala da spetga. – Jeu hai semiau, enzatgi hagi schubergiau mia scaffa da brevs, di il Fred. In marcau ell'Italia cun siat bustabs ch'entscheiva cun B, di il Franz. Bergamo, di il Fred. Il Franz dumbra si vid la detta, genau, siat, e scriva il plaid ella cruschera. Eis inaga staus a Bergamo, damonda il Franz. Culla Maria, di il Fred, nus essan i sin santeri. Quei han bials santeris giu cheu, di il Franz. Vid in crap fossa steva scret, ho vissuto, ho amato, ho trincato, cosa voglio di più, di il Fred, hai viviu, hai amau, hai buedrau, tgei vi jeu dapli? Ina cadeina da cuolms cun quater bustabs, damonda il Franz. Jura, di il Fred. Il Franz scriva. El Jura franzos muncava ina comba al tgaun, nua has tia comba, haiel dumandau el, di il Fred. Fiera da cudischs cun L, di il Franz. Leipzig, di il Fred. El tren naven da Berlin a Leipzig havein fatg l'amur silla meisa egl abteil ed il condictör ei vegnius en, wir sind bald daheim, ha el detg. Territori da skis cun A im Berner Oberland, nov bustabs, di il Franz. Adelboden, di il Fred, ad Adelboden sundel mai staus. Jeu era buca, di il Franz. Capitala cun V. Vilnius, di il Fred. Siat bustabs, di il Franz e dumbra, constat. A Vilnius haiel buiu stuorn sin peis spel flügel e sesentevel sco sch'jeu havess gest purtau memez en fossa, di il Fred. Ort im Aostatal cun A, sis bustabs, damonda il Franz. Allein, di il Fred, Allein ist abgelegen, am Hang. Fantiseschas, damonda il Franz. Il Fred noda en siu carnet ner. Capitala spagnola, Madrid, di il Franz e scriva. A Madrid seseva in clown sper via encunter la preit, di il Fred, enta maun haveva el in cartun, sin quel steva scret, tengo hambre, jeu hai fom. Liug a Liguria, damonda il Franz, cun P, nov bustabs. Portofino, di il Fred. A Portofino silla crappa sper la mar haiel tratg ora ad ella las caultschas suten sut la rassa, di il Fred. Marcau ell'Ucraina cun L, damonda il Franz. Lviv, di il Fred. Cun siat bustabs, di il Franz. Lemberg, di il Fred. A Lemberg davon l'entrada principala dalla plazza aviatica schischevan per tiara e setenevan. Lazio, di il Franz, Rom, di il Fred. A Roma haiel magliau spaghettis, di il Franz. Capitala cun W, damonda il Franz. Warschau, di il Fred. A Warschau schischeva ella sil divan, ella vegli ir a Kasan, haveva ella detg, e da leu anora a Krakau. Il cudisch dils morts anflan ins buc, havevel jeu detg. Ort in Graubünden mit T, damonda il Franz, otg bustabs. Tavanasa, di il Fred. Suppa freida d'Andalusia cun otg bustabs, entscheiva cun G e finescha cun O, damonda il Franz. Sai buca, di il Fred. Il Franz pren giu il spieghel da sulegl. Vi davos la pampa dat ei gazpacho e canzuns trestas sil clavazin, di il Fred.

Far in tec crüzworträtselis, quei slucca, gell, di il Franz, jeu fetsch da narr bugen. El ha si stirnband e mira el heft. Don, di il Franz, siat bustabs. Quijote, di il Fred. Cun C, di il Franz. Camillo, di il Fred. Giusto, di il Franz. Il Fred sfeglia en siu carnet ner. Der Schnauz ist der Tiger vom Denker, legia il Fred giu, quella construcziun ei ier puspei vegnida endamen a mi, semiau havevel ella a Klaipeida, la damaun dils 17 d'october 2010, cuort avon las sis. Ti tschontschas en legns, di il Franz. Il Fred catscha siu carnet ner el sac da sia jacca da skis. Gie ti has fatg la dètga durmida si spel Rein, di il Franz, strusch da dumignar neunavon tei pli, ei era gia sin far stgir. Ed jeu sun levaus si ed erel treis onns pli vegls, di il Fred. E semiau haiel digl aug, el schischeva alla riva dil Rein. Ord sia bratscha carscheva badugna. Beinprest vegn il tren, di il Franz. El cruscha ils peis silla tastga. Oscha dai era neu ina cigaretta a mi, di il Franz, ti femas era schon dapi anno tubac quellas Parisiennes. Avon fimavel las Gauloises, di il Fred. Blondes, damonda il Franz. Oh jeu hai fimau si e giu l'entira scala, di il Fred e dat fiug al Franz. Cu eis staus la davosa gada a Paris, damonda il Franz. Il november vargau, miez november, di il Fred. Schon, damonda il Franz, gie raquenta. Aber buca che ti fetschies puspei sco da pender cun mei, di il Fred. Gie nua, di il Franz, haiel schon inaga dau rüffels a ti, ni tgei, ha, di il Franz, mintgaton metter si cavester al schani ston ins, schiglioc fa el da schlifer, cheu dat ei nuot da zuppentar vi. Culla Maria erel staus a Paris, di il Fred. Gie il november, damonda il Franz, das puspei da crer, tier tei san ins nämli nuota adina tgei ch'ei per propi e tgei mo fantisau. Na na, nuota il november vargau, gliez fuss stau la pli biala, sch'ella fuss vegnida cun mei si Lutezia. Lu was, damonda il Franz. Lutezia, Parigi, di il Fred. Das si tschaguolas, damonda il Franz. Dumandau havevel zuar schon la Maria, sch'ella vegni era, di il Fred e fema, aber fai quen. A Paris vegn cumprau las pli grondas manzegnas, di il Franz. Igl onn avon eran stai ensemen a Paris, da siu natalezi, ei stau empau sco enta parvis. Nus eran aunc mintgaton leusi, quei ei gie grad si davos, cheu eis si en in hui. Nus havevan leusi ina combra a tscheins si surcombras, oh schon sempelet, in toc mansarda halt, e da temps en temps era ei da vegnir ord tauna e dad ir si in tec. La mansarda haiel gie aunc adina, era sch'igl ei ussa mo pli la mia e buca la nossa. E lu, damonda il Franz. Lu sundel ius si il november vargau, di il Fred, gest suenter che nus eran i sur la vacca ora. Ti eis ius sur la vacca ora, di il Franz, jeu sesevel mo en dasperas. Bien pia, pia il november vargau, suenter che nus essan i sur la vacca ora, sundel ius a Paris. Quei ei tut. Tut persuls, damonda il Franz. Tut bluts, di il Fred. E tgei has fatg leusi, damonda il Franz. Suenter quendisch dis sundel turnaus engiu, di il Fred, quei ei in bien marcau per patertgar suenter. Has fatg narradiras, damonda il Franz, mo dai tier. Viviu sc'in bruader cheusi, di il Fred, strusch ius ord casa. Oh sas toch buca ir a Paris e star mo sin pantun, di il Franz. Clar ch'jeu sai, di il Fred. Per patertgar suenter sto ei esser quiet, schiglioc vegnas buca tochen giu sil maguol. E naven da Paris anora ei la hebelkraft pli gronda. Jeu sun silpli la damaun forsa grad ius giu el Café da giusut, leu el Café visavi il Café Les Fous d'en Face, e suenter puspei ensi, aber schiglioc haiel buca fatg gronds spruncs, halt scret in tec, in tec cartas. Alla Maria matei, di il Franz ed aulza las survintscheglias. Mo ina suletta carta haiel scret ad ella, di il Fred. Aber lezza ei matei stada salada dieuspertgiri, di il Franz, jeu vi gnanca saver. A Paris plovi, hai jeu scret si, di il Fred, bein bi.

Sil perron ei ina dunna en sutga da rodas. Ella embratscha in affon. Sin tetg dalla staziun sesan dus tgapers. Aunc sis minutas, di il Franz, lu fimein aunc ina, ina po aunc en. En sis minutas scrivel treis construcziuns e sgarrel ora duas, di il Fred. En sis minutas san ins far giu siat truffels, ni ch'ins sa tedlar en sis minutas duas gadas e miez la canzun Non, je ne regrette rien d'Edith Piaf. En sis minutas san ins stuschar in container inaga entuorn il bloc, di il Franz. Sis minutas retard tier ina cuorsa da skis ei memia bia, di il Fred. Sis minutas retard tier in rondévu po grad aunc en, di il Franz. Sis minutas drovan ins cul tren naven da Tavanasa tochen enta Trun, di il Fred. Siat, di il Franz. Constat, di il Fred.

On luvratori. – Siat dis, quei tila schon aunc alla liunga, di il Franz. Schon, damonda il Fred. Oh sas, sche ti eis lu di e notg ensemen semeglia ei lu magari liung, di il Franz. Ti eis halt per regla buca in da constantas, di il Fred. Na gliez sundel per franc buca, di il Franz. El ha en in scussal besch. Sil sac dil bruscht ei PTT cusiu en. Il Fred fema. Ed ella legia halt di e notg, di il Franz, cu ella ha in stresserverc ella lavur, lu gaudan ei da far dolce far niente, ed jeu sun halt buca quel da novellas, ti sas. Halt plitost in da historias, di il Fred e metta si igl ohraschuz oransch. Sch'ei havess silmeins giu in billiard ni in tec da trer paliats, sas gie era buca grad mo seser dasperas dis entirs sc'in globi, schon mo ord stema enviers quels scribatoris che han dau giu in tozzel gnarva ed onns per rabitschar ensemen tut quellas paginas, oh mett'avon, sch'jeu stuess star leu meins entirs e struclar ora il tschurvi, a mi vegness tut trembli. Auters ein vegni eivers dil scriver, di il Fred. Ah jeu capeschel schon, la Magdalena ha halt da cuorer di e notg duront la lavur, di il Franz e fema, quei leu ei dir paun, quei leu da cabels e televisiuns. Gie ha ella da far tochen si e surora, damonda il Fred. Damonda buca mei co quei ha num, quei ch'ella fa, di il Franz, aber sch'ei fan Tell-Star ni zatgei en quei stil, halt quellas emissiuns da sonda sera, eis ella cheuen davos davon in triep monitурs e decida tgei maletg che vegn mussaus a casa en stiva caulda. Tut live, quei sto lu ir rassic, gliez ditgel a ti, sas s'imaginar, quei vesa lu ora sco quels Japaners hiperactivs leu avon quels giugs da computers che fan in saltem e sdavalem vi e neu, e suenter in'emissiun eis hudrifetza. E lu en vacanzas eisi halt da star e schar dar l'aura pils larischs. Jeu sun lu ius in tec cun asen per las pitgognas entuorn, flot hügelig giuaden cheu. Jeu hai halt bugen sch'ei marscha enzatgei, e sch'ei marscha buca, lu datti halt da far marschar, enstagl da smarschanar entuorn. Il Fred mira da finiastra ora. Cu l'Ana era ida, havevel lezza gada giun Spagna fatg il sbagl da star chignaus en casa pir ch'in piofi, aber mai pli, di il Franz, jeu ditgel a ti, quei vala nuot, survegnas in cor grev sc'in vegl piez bletsch da plantschius. Il Fred smacca ora la cigaretta el tschendrer. Pia ch'jeu hai priu si giu cheu in asen, di il Franz, enstagl da scher per tiara sc'in car tgaun, duront che la Magdalena ruassava. E quei asen trottava tiptop. Aber suenter in'jamna eran nus omisdus futsch.

Soli, quei cheu vesa schon ora flot, di il Franz e fruscha cul maun sur l'aissa vi. Neu vi culla cätisäga, cheu suenter en, la lingia blaua, e trembla buca grad sc'ina tatta veglia, e fai buca giu la bratscha, vegnas aunc ella tagesschau. Aber il principal ei che la cigaretta ardi, gell. Mo lai ual, di il Fred e tila en la cätisäga. Il Franz sesa sill'aissa e metta la detta ellas ureglias. Uarda, di il Fred e tschenta giu la cätisäga. Lu fagein era grad tschellas, di il Franz. Damaun ei era aunc in di, di il Fred. Lein grad far tut, di il Franz, nus havein grad in schi bien lauf. Ed ussa has da temer il Wali, damonda il Fred. Tgi, damonda il Franz. Ussa vegn igl um dalla Magdalena cul morgastern, di il Fred. Oh himmelstärrna, gliez fuss aunc da capir, aber ti creias buca a mi, di il Franz, cuort avon che nus essan parti ha siu um clamau si, quei seigi lu im fall scho guat, jeu dueigi buca far quitaus, oh fai quen, co quetas ti quei? Ach quex, di il Fred. Bein bein, di il Franz. Ach cac, di il Fred. Ganz sicher, di il Franz, jeu engirel, di el e tegn ad ault la detta. Also guat, di il Fred. Basta, di il Franz, el ha manegiau, nus dueigien guder las vacanzas leugiu en sia casa e cun caschun dueigi jeu inaga vegnir sperasvi sin in gläsli. Gie kasch tenka ch'jeu vegli beiber pier cun quei blender, di il Franz. Franz, in tec confidonza ella carstgaunadad, di il Fred, quei ei halt modern ozendi. Modern, modern, di il Franz, modern ei schon in plaid vegl. Jeu havevel tertgau el seigi scuius, di il Fred. Gie jeu era, para ch'el ha scuau ora las scalgias, di il Franz, dai vi il scalper. Quel tratga matei ch'jeu vegli mo dar scanatsch. Gie il zölibat ei ord moda, di il Fred, priu ora ella Merica. Mo il Freddie che viva aunc sc'in prer, di il Franz.

Ti eis toch era staus naven in pèr dis, damonda il Franz. Bia memia cuort, di il Fred, sin ina tegia d'alp sundel staus, ei havevan dau la clav. Ir en claustra ei lu era buca la sligiaziun, di il Franz, gliez fuss era grad fatg da Medel. Oh schi dasperas fuss quei ussa buca, di il Fred, leu havesses ual guess tiu ruaus, enstagl da zappitschar d'in quitau en l'auter. Gie matei, di il Franz. El ha si ina capetscha da pescadurs. E da fabricar dess ei adina enzatgei, di il Fred. Sche ti manegias che quei gidi, lu sbaglias lu forsa, di il Franz. Na gliez, ir en clausura, quei leu fuss lu nuot per mei. Leu sgolan neginas scadiolas, di il Fred. Oh tscheidi puspei, quei ei in pulverfass, di il Franz, pir ch'in pärli vegl essan, quei pren buca fin, ed jeu sun lu nuot megliers che la Magdalena. Na, gliez eis strusch, di il Freddie ed envida si ina cigaretta. Forsa ei quei halt tuttina nuot, has mo schuffas di e notg, di il Franz. Ach, di il Fred. Also grad dalla famiglia vegli jeu lu buca far part, haiel detg ad ella, di il Franz, e lu hopla schorsch. Vegnas avon sc'in handlanger. Mo tugna, has gie elegiu tez, di il Fred. Dai vi il marti, di il Franz. Il Fred pren il marti orda sac. Also grad schar enguttar, di il Franz, igl ei in haudrihò di e notg. Jeu hai detg, jeu s'annunzi, aber pil mument haiel buca grad che tila fetg. Il Fred va pil borer. E tschei tahani leu, siu um, quella clavella, duei buca pli clamar si, schiglioc ditgel si schemelebläs ad el, di il Franz, e lu sa Pieder e Paul suflar en pegna, letgaprers tuts ensemen. Il pur brischa, di il Fred. El metta naven il marti e va vi pil meter. Il davos satiaran ei aunc nus en treis, di il Franz, aschi lunsch vegn ei aunc. El pren giu il spieghel da sulegl. Na na, also enzacu tonschi lu, sche quei va aschia vinavon, lu hopdifurt, ed il Franz ei fort. Also grad far da hortulan per quels dus leu fetschel lu buca. Gliez fuss aunc ina biala lavur, di il Fred.

El teater. – Jeu hai inaga ina stad segau il plaz da golf, di il Fred, quei fagevel stoda bugen ed ei fageva coga bein. Mettas si capetscha e laias far l'aura, inaga plovi, inaga datti sulegl. E ti eis in sc'in retg sin tia maschina ed il motor che ratrogna incuntin, leu has tiu ruaus, e sche ti pos buca, fas in paus. La Maria era per entgins meins si el nord sper x-in fjord, ed enstagl da star e star mal, havevel tertgau, daco buca segar praus empei. In um sestauscha sper els dus ora vi sin siu plaz. El ei setratgs en d'indianer. Il gong resuna. Lai ver, gleiti vai liber, di il Franz. El ha si capi. Ella haveva priu si ina cassetta per mei, di il Fred, nua ch'ella raschunava empau diltut ord il dumperdi, empau tgei ch'ella fetschi, jeu sun halt buca in da telefons, quei telefonem fa vegnir mei zapplics. Jeu scrivevel persuenter cartas. Ach, di il Franz. Aber jeu scrivevel adina mo si ina construcziun, di il Fred. Gliez ei buca la massa, di il Franz. Ina biala construcziun vala bia, di il Fred. E da temps en temps sgulatschava ina nova cassetta dad esch en. Aschia ch'jeu tedlavel quella cassetta duront segar, aschia mava ei. E sin che la stad era vargada, eis ella era turnada. Ah schi ditg ch'ei va bein, vai schon, di il Franz e beiba ora siu vin e metta il glas sut il sez en.

Aber sch'ei entscheivan lu a far maltschec, pil naucli, lu eisi da pachetar sac e pac ed ir, di il Franz. Ei vegn stgir en sala da teater. Jeu sun inaga staus ensemen cun ina in pèr glinas o Vienna, di il Franz, jarvas petras cheuora, da vegnir ord la suna, schi fina sco ella era, teneva ella tuttina il matg fluras sc'ina sigir e fageva nauschira cun mei sch'jeu mavel empau per las streglias da stgir, quei vegneva smenau sadialas e cazzettas e scadialas che l'entira casa tremblava, oh tgei perdanonza. Bscht, fa la dunna davos els. Ina Japanara era quei, ina violinista, scutina il Franz. Ina gegera, damonda il Fred sut vusch. Oh jeu sun mo inaga staus a tedlar ella el teater, ei eran si cheu sin tribuna en retscha e sunavan cun sacs da plastic sul tgau giu. Il Franz pren giu il spieghel da sulegl e mira sil Fred, quella ha dau bia neghels a mi, gliez ditgel a ti, pir ch'ins havess fatg star enzatgi, oh ver eisi. El metta si il spieghel da sulegl. Il vorhang sesarva. Quella va segir aunc cun matg en fossa, gliez pudess jeu grad cuir ad ella. Donn hai segir buca fatg, di il Fred. Bscht, fa la dunna davos els. Bien, jeu erel halt schon era in tec in malscultriu, aber tgei squetra quei era koffertori. Quei leu giavischel lu a negin, di il Franz, aber gl'ei stau ina scola scosauda pil kekli. Per semper hai para buca teniu en a cauld, di il Fred e catscha siu carnet ner el sac da sia jacca da skis. Jeu erel halt aunc in giuvenotter cun hochwasser ed inamuraus tochen si e sur las ureglias ora, e vitier pli tschocs che ureidis, di ti, di il Franz, e lu fas halt cun tut. Per ella fussel ius a pei da cheu a St. Petersburg, jeu havess buca fatg cass. Pass per pass ei in'oraziun, di il Fred. Ord spir plontas buca da veser gl'uaul, di il Franz e scrola il tgau, aber tgi smarveglia, quei era halt era propi l'emprema amur per propi, tgi smarveglia era.

Egl uaul. – L'emprema gada ch'jeu sun s'inamuraus senza dementi, di il Fred, pil tenti, cu jeu mo vesevel ella fageva ei schon tut legher el venter, ed jeu sterics sc'in caluster, fagevel in stotterverc ch'ei era tut da star mal pil stroli. In sc'in apotheker. Ella era ida sper mei vi sc'in vent d'atun. Ed il Fred hin und weg, di il Franz. Piars la faviala, di il Fred e dat il tgau e surri. Ed oz fa ella da pecca, di il Fred e fema. Pren mira, la pecca, di il Franz. Leugiu ella filiala dil center sper l'apoteca, di il Fred. Ach cala, aber buca la pecca la biala, damonda il Franz. Mais oui, di il Fred. Gie ti eis buca schliats, quei ei lu ina tschecca, la pecca, di il Franz. Aber dau haveva ei nuot, di il Fred. Aber persuenter sundel staus empau cun sia sora. Ei lezza era schi scarta, damonda il Franz. Ei va, di il Fred, aber grad aschi cara. Il Fred porta la pala sil schui. Far l'amur egl uaul ei zatgei dil bi, di il Franz. Culla Magdalena sundel staus igl avrel, gie igl emprem d'avrel, damonda il Fred, na na, ei era creiel ils treis ni ils quater, di il Franz, basta, culla Magdalena sundel staus si egl uaul. Aber buca ad encurir bulius forsa, damonda il Fred. Na na, per gliez fuss ei aunc stau in tec baul, di il Franz, basta, essan i si egl uaul, tochen entadem tiegl ual, si leu sper quei clavau si, tochen si el prau si suren, si el plaun leu ella blutta. Sas nua? Gie gie, di il Fred. Ei era forsa aunc in tec baul, di il Franz, bletsch sc'ina paliu, aber bi eisi tuttina stau. Audas a schulitgond ils utschals onsum las plontas, dau sco vadials, il tschiel tut blau, bellezia aura, quei ei stau hanau. Aber haiel pigliau en in tec cunauras.

Diu strufegia halt sofort, di il Fred e pusa la pala ella tiara.

La stad va en schanuglias, di il Franz. Forsa ch'ella ha aunc zacons urezis danvonz, ed in pèr fretgs, di il Fred. Mira co ils bulius catschan, di il Franz. Tut da tissi, ni tgei, damonda il Fred. Quels cheu sas zuar schon aunc magliar, di il Franz. Manegias ch'ei gidi encunter mal ils dents, di il Fred. Has inaga schigiau quels vi leu, damonda il Franz. Ina ga, ina suletta, di il Fred, dattan in flot flash. Fan ch'ei va entuorn ed entscheivas ad ir en fanzegna, di il Franz. E l'auter di sundel levaus ed haiel mirau el spieghel e vesevel mo la preit davos mei, di il Fred. Il Fred buca perpeis, damonda il Franz. Il Fred furt, di il Fred. Aifach weg, damonda il Franz. Erel plein febras, di il Fred. Aber suenter siat dis vesevel puspei memez el spieghel, di il Fred, semplamein cul tgau engiu. Immerhin, di il Franz. Ils bulius stos manizzar fin finet e metter ella petta da rebas e magliar cun cremas, di il Franz, quei ei halt buca da magliar sco da magliar meila. In um gries sin in asen cun in matg flurs enta maun vegn encunter ad els e varga sperasvi. Suenter ch'jeu erel grad frisch ensemen culla Maria haiel viu diesch jamnas dubel, di il Fred. Praulas, di il Franz e va sut la plonta ora. Oh sche ti vul buca crer sche lai star, di il Fred. Gie segir, damonda il Franz, vesevas duas Marias? Duas Marias, dus Freds ed otg combas. Havevas fimau gugas, damonda il Franz. Nuot trötas, di il Fred, vesevel dubel, semplamein aschia. Aifach so, damonda il Franz. Jo, di il Fred, diesch jamnas. Ina damaun sundel levaus e vesevel dubel. Suenter quater dis sundel ius tiel miedi, perquei ch'jeu tuccavel buca l'escha. Il miedi ha stendiu vi a mi la toppa ed jeu hai tschappau sperasgiu, lu ha el cartiu a mi e mess mei el rohr. Mess enqual taglier sper meisa giu en quei temps, in scalgierverc mintga di danovamein ils emprems dis. Ti mo ri. Jeu riel gie gnanc, di il Franz. Clar che ti rias, di il Fred, mett'avon, vas tut schräg per las vias. E suenter diesch jamnas hai semplamein calau, damonda il Franz. Gie, di il Fred. E denteren, damonda il Franz. Quei denteren ei da tener ora, di il Fred. Aber la Maria ha mirau da mei, jeu level buca pli ir ord casa. Gliez vul ti gie aunc adina buca, di il Franz. Ella vegneva sperasvi e mirava e gidava e fageva tgei ch'ella pudeva. E tgei manetg havevan ils miedis, damonda il Franz, ti seigies ord il moni? Gl'emprem manegiavan ei ch'jeu hagi magliau drogas, di il Fred, aber nada de drogas, gnacs, il Fred pren buca drogas, haiel detg ad els, aschia ch'ei schevan aunc suenter diesch jamnas, lu sappien ei halt era buca, silpli ch'ei seigi si e surora enzatgei che constetti buca propi pli, pil pli cull'electronica fina dil tschurvi. Piars ina schruba forsa, di il Franz, ha? Han fatg scher mei duas jamnas tut en alv sc'in miert per letgs entuorn entamiez tut quellas bialas tgirunzas sin spital. Jeu erel cun tut quels medicaments sco sin drogas e las soras en alv sco aunghels enta parvis. La Maria era sc'in spért stedi entuorn il pazient, quei haiel gudiu da narr, co ella spidava flommas cu las sirenas furschavan la bratscha per dar sprezzas. Ed jeu, il malat, entamiez sc'in malcartent.

Sch'ins savess ch'ins havess beinprest dad ir matei ch'ins fagess buca in tal teater per posta da mintga schlepra, di il Franz. Enta maun ha el la sigir. Il Fred pren in marenghin si da plaun. Quei porta cletg, di il Franz. E schiglioc eisi era buca schi nausch, di il Fred e dat el al Franz. Il Franz catscha il marenghin en sac. Ir in tec a pei magari, magari grad schi bi sco da sestrer e sescarpar, di il Franz, aschi ditg ch'igl ei buca da star eri mintga pèr meters, in palandrem da tavauns, e forsa aunc mirar anavos trasora. La Magdalena haiel ussa gia in temps buca pli viu, e la stad ei era gleiti sperasvi. Es geht einem die Strasse aus, di il Fred e catscha siu carnet ner el sac da sia jacca da skis. Ir a pei slucca, di il Franz. Aber jeu mon tuttina buca schi farruct bugen a pei. Ton a pei sco culla Maggie dil trapez sundel aber toch aunc mai ius, quei ha quasi tunschiu per in temps, in trottem ch'ins perdeva ils calzers. Ella fageva circus ed haveva in tgaun. Has buca detg che la pecca hagi era in tgaun, damonda il Franz. Tgauns han aunc bia carstgauns, di il Fred. In tgaun ei in miez carstgaun. Tgei per in ha la pecca, damonda il Franz. Ina bracca polacca, di il Fred. Savesses inaga ir a spass cun ella, tras gl'uaul, di il Franz, das wär doch öppis, e suenter va tut pli tgunsch giud rucca, ni. Sundel staus, di il Fred. Ach tgei pulacca, di il Franz. Pliras gadas gia, di il Fred. A quels sco ti havessen ei antruras tagliau ora la lieunga, ti das da crer ina suenter l'autra, di il Franz. Nus essan i digl uaul ora, di il Fred. E lu, damonda il Franz. Levas era in tec tschugalata, damonda il Fred e stenda vi. Ed odem essan semenai e vegni anen. Ei quei tut, damonda il Franz. Tgei duei pia aunc esser, damonda il Fred. Ha ella buca fatg il sault da frina, damonda il Franz. Na, di il Fred, c'est tout, aschi sempel ei quei, di il Fred. Il Franz metta si il spieghel da sulegl e scrola il tgau. Ir a pei slucca, neve, ei slucca era la bucca, di il Franz. La Rebeka ed jeu, sas, di il Fred, tgi, damonda il Franz, la Rebeka, la pecca, di il Fred, sas, nus tschintschein buca la massa. Pren aunc in toc. El stenda vi la tschugalata al Franz. En quei cass haveis buca detg la massa, di il Franz e tschappa cul maun il stirnband. Il Fred fema. Tgi che mondi a pei hagi mo in pei sin tiara, di il Franz. Quei has ti da mei, di il Fred. Il pier pudessel ussa schon vertir, di il Franz.

Jeu mon pli bugen cun auto che a pei, di il Franz. Giu cheu sut egl uaul dadens la val sundel inaga staus stecca culla Maria, di il Fred. El ha si capetscha. Il tanc dad aua haveva ina ruosna. Aschia che nus essan i giu la val tiegl ual ed havein empleniu ils calzers cun aua. Quei havein fatg in tschuat gadas, tochen che nus eran entamiez gl'uaul ed essan i en tiel lag. Ei draccava giu il tschiel e nus bluts el lag. Ei stau ina biala stad. Jeu vesel aunc co ella vegn ord l'aua. Tgisà sch'ella patratga era vida mei. Sto esser che ti has fatg da valer nuot ella veta avon, di il Franz. In di retuorna ella, di il Fred. Ti sas toch buca star e spitgar, di il Franz. Jeu schaiel sil letg e femel cigarettas e siemiel dad ella, di il Fred, quei ei emperneivel e buca malsegir. A mintgin il siu, di il Franz. Inaga vi jeu aunc veser co ella dierma, di il Fred.

Sin tetg dalla tegia, vida solver. – Jeu hai semiau, jeu seigi sgulaus en ina badvanna sur in uaul, di il Fred, enta maun havevel miu fest e sin tgau ina cruna. Cugl atun retuorna il vent, di il Franz. Cul vent tuorna la calma, di il Fred. Dis schi clars sco glas, di il Franz. E las spundas che brischan, di il Fred. Dir si in pèr salidadas che l'aura tegni, di il Franz. L'aura ei da nossa vart, di il Fred. Vas ti giu per la pischada, damonda il Franz. Va ti giu, di il Fred. Il Franz metta il spieghel sin meisa. Jeu hai nuot encunter, sche ti vas giu, di il Franz. Jeu mon buca giu bugen, di il Fred. El ha si capetscha. Jeu hai en bugen mia jacca veglia da skis, jeu fetsch giu bugen truffels e tschaguolas, di il Fred, e co nos tats tenevan il paun per tagliar el emblidel era buca, aber giud tetg per la pischada mon jeu buca bugen. La pischada ei buca giu Roma, di il Franz, ella ei mo giun hetta. Na, di il Fred. Ussa buca fai cumedias, fai toch aschi bien e va giu, di il Franz. Na, di il Fred. Beina, di il Franz. Na ei in'entira construcziun, di il Fred. Uarda il filosof, di il Franz, lu datti halt da far ora la biala. Ti spiardas, di il Fred. Gliez vesin lu aunc, di il Franz e pren il marenghin orda sac, tgau ni cefra? Tgau, di il Fred. Il Franz betta il marenghin ad ault.

E pren grad aunc si il caschiel, cloma il Fred giu. Cu las schemias ein ad ault, di il Franz e vegn dalla scala si. Cu las schemias van ad ault, dian ins, di il Fred. Basta, di il Franz. Dus corvs sgolan sul tetg ora. Jeu hai scret ina carta alla Maria, di il Fred. Ti e tias disas, di il Franz. Cu jeu scrivel, sundel in staipilz, di il Fred. Tgei has scret si, damonda il Franz. Ich hab schon lange nicht mehr nur an dich gedacht, di il Fred. Aber quei constat toch buca, di il Franz. Ei gida tuttina da schar dar, di il Fred, quei ei stau la davosa carta. Lein mirar, di il Franz. Bein, la davosa, di il Fred. Ti has bein detg, jeu dueigi far zatgei per serrar giu, quei gidi da satrar e schar dar. Far pasch culs spérts, di il Franz. Il pli bugen havessel dau fiug ad in flügel, di il Fred, aber gliez fuss vegniu in tec car. Suenter che l'Ana era ida havevel fatg pluna cun tut si davos casa e dau fiug. E la trucca, damonda il Fred. Bien, quella biala trucca, fuss gie stau donn, di il Franz. Ed il kisac, di il Fred. Bien, il kisac era buca, di il Franz e fa smanis culs mauns. Il Fred surri davos sia cigaretta. Il Franz pren dus tschaduns orda sac e metta sin meisa. Pli baul purtava mintgin siu tschadun ella capiala, di il Fred. Ed oz portan ins silpli aunc dents da crocodils ord Mississippi silla capiala, di il Franz. E sch'ei mava per magliar, prendevan ins il tschadun giud capi e badelava viaden, di il Fred. Suenter la tschavera era ei da strihar giu il tschadun vid las caultschas e metter il tschadun ensi el capi. Priu ora el Tirol, leu catschavan ei il tschadun el sac dallas caultschas. Tut secund con gronds il sac da caultschas, ton pli gronds il tschadun, di il Franz. E sch'ei era aschilunsch, di il Fred, devan ins giu il tschadun. Il Franz tila rohschpieghel si viers il péz. Il Fred taglia giu dil caschiel. Quel va en in hui dil schräghang siadora, di il Franz, fila sc'in zieghel dil fil enasi. Il Fred mira era si viers il péz. Quel vesan ins aunc stedi si cheu, di il Fred, aber mo las dumengias. Il Franz strubegia vid la schruba e cuchegia tral rohr. El ha si in spieghel da sulegl sco ti, di il Fred. Ed in schilet ha el en, di il Franz, en sac ha el in marti, e sin tgau in kopfhörer cul cabel che penderlescha giuadora.

La notg vargada hai draccau, draccau giu il tschiel hai, la dracca che sfraccava giuaden sin crappa e prada, di il Fred. Mira cheu, di il Franz. Ed ellas sclaridas vesevas da lontan il Fazandin, di il Fred, co el mava cun pala e capiala sur la prada e vi dalla flanca ensi e siviars e siaden e naven. Tgi has viu, damonda il Franz e taglia giu in toc caschiel. El anfla era buca il ruaus, di il Fred. Vi amiez il prau schai in sessel vegl dalla sutgera. El ei blaus. Il material surviva nus, di il Fred. Ha, damonda il Franz. Aber quei ei era buca schi nausch, di il Fred. Cun tei vegnan ins nuota adina ordlunder, di il Franz e taglia paun. El ha si stirnband. Pren paun, di il Franz. Il Fred fema. Nus dus essan mo ils clowns, di il Fred, che han da purtar la viarva. Aber oz fagein sabat, di il Franz, cu gnanc ils Dieus lavuran oz. E damaun vesel la Rebeka, di il Fred.

In um cun venter blut e ligiau si dies ina tabla sc'ina porta-clavau varga sper la hetta siadora. Eis staus sil trot la notg, damonda il Franz. In amen, di il Fred, sch'ins sa strusch durmir. Jeu hai durmiu sc'in uors, di il Franz. Sch'jeu sai buca durmir, mondel pils uauls. Quei ei zatgei dil bi. Tut quiet, mo las vuschs che ti vegnas buca da tschentar giu. Jeu crei plitost che ti seigies in da quels schlafwandlers leu, di il Franz. La notg avon che la Maria ei ida, eis ella levada la notg ed ida on zuler encunter il spieghel, di il Fred. Ella schischeva per plaun entamiez las scalgias. Jeu hai in temps luvrau en in tunnel, grad suenter la recruta, di il Franz, e dapi lu haiel gnanca schi farruct per cor sch'ei fa trasora notg. Luvravel schichta, gudognas zuar in sfrac, aber cu ti vegnevas ord il rohr savevas buca sch'ei seigi ussa d'ensolver ni da tschenar. Quei ei stau in temps fierli. Jeu mavel culla Fiola, lezza haveva in töff cun sitawaga ed in spieghel da pilots. Ella mava sc'ina furia. Sia mumma fageva las meglieras pettas da zuescas digl entir mund. Quei ha prolungiu l'amore per silmeins in miez onn. Cu jeu hai calau el tunnel, eisi era stau schluss culla Fiola. Surviviu omisdus, ni, di il Fred e fema. Era senza petta, di il Franz, schegie, all'entschatta haiel schon fatg vess.

Arno Camenisch
Las flurs dil di

ISBN 978-3-907369-13-5

Las flurs dil di erschien zuerst im März 2013, das Lektorat hatte Clà Riatsch besorgt, das Korrektorat Ursin Lutz. Diese Ausgabe als Band 13 in der Reihe der Blacklist im Verlag von Urs Engeler, Schupfart, Schweiz, entspricht der ersten Auflage. Die typographische Einrichtung aus der Garamond und die Umschlaggestaltung besorgte Marcel Schmid, gedruckt wurde das Buch im November 2022 in Polen.

http://www.engeler-verlag.com